My Journey North

The autobiography of GOT hero Hodor,
in his own words.

CHAPTER ONE

HODOR! Hodor hodor? Hodor. Hodor hodor
Hodor Hodor Hodor hodor. Hodor hodor
Hodor hodor Hodor. Hodor hodor hodor
hodor Hodor Hodor! hodor hodor hodor
Hodor hodor Hodor Hodor hodor. hodor?
hodor. hodor hodor Hodor Hodor! Hodor
Hodor! hodor? hodor hodor Hodor hodor.
Hodor hodor HODOR! hodor Hodor Hodor
Hodor! HODOR! hodor Hodor hodor
HODOR! Hodor hodor – hodor Hodor!
Hodor Hodor hodor. Hodor! Hodor Hodor
Hodor. Hodor HODOR! hodor. hodor hodor.
Hodor hodor? Hodor Hodor. hodor? Hodor
Hodor! Hodor Hodor hodor Hodor hodor
Hodor Hodor Hodor. Hodor hodor? Hodor
Hodor Hodor hodor Hodor Hodor Hodor
hodor hodor hodor HODOR? Hodor
HODOR! Hodor Hodor Hodor hodor Hodor
hodor. Hodor. hodor Hodor hodor Hodor
Hodor Hodor Hodor hodor Hodor Hodor
hodor Hodor! hodor Hodor Hodor HODOR!
Hodor hodor Hodor HODOR! Hodor Hodor.
Hodor hodor Hodor Hodor! Hodor! hodor.
HODOR! Hodor. Hodor hodor Hodor Hodor
Hodor hodor hodor Hodor. Hodor. hodor
hodor. Hodor Hodor Hodor! Hodor Hodor
hodor? Hodor! hodor. Hodor. Hodor.
HODOR! Hodor! Hodor hodor hodor. hodor
Hodor Hodor Hodor! hodor HODOR! hodor.
hodor Hodor Hodor! hodor Hodor hodor
Hodor Hodor HODOR! hodor Hodor Hodor

Hodor Hodor hodor HODOR! hodor Hodor
Hodor hodor Hodor hodor hodor HODOR!
hodor Hodor! Hodor. hodor hodor Hodor
Hodor Hodor HODOR! Hodor! Hodor Hodor
Hodor Hodor hodor Hodor HODOR! hodor
Hodor Hodor Hodor Hodor hodor Hodor
Hodor Hodor HODOR! hodor HODOR!
Hodor hodor. Hodor hodor hodor hodor
hodor? hodor Hodor Hodor Hodor hodor
hodor hodor Hodor hodor hodor? hodor
hodor. hodor. Hodor! Hodor hodor hodor
Hodor hodor hodor. HODOR! HODOR!
Hodor Hodor Hodor Hodor. Hodor. hodor.
Hodor Hodor hodor HODOR! hodor hodor?
Hodor Hodor! Hodor Hodor hodor hodor
Hodor Hodor. hodor. Hodor Hodor hodor
Hodor Hodor Hodor Hodor! hodor. hodor
hodor Hodor hodor HODOR! Hodor
HODOR! Hodor Hodor hodor Hodor Hodor
Hodor hodor. hodor? hodor? HODOR! Hodor
hodor. Hodor hodor hodor Hodor! Hodor
hodor? Hodor Hodor hodor hodor Hodor
hodor Hodor! Hodor HODOR! hodor hodor?
hodor? HODOR! HODOR! Hodor! Hodor
hodor Hodor hodor hodor. hodor Hodor
hodor hodor? Hodor. hodor. Hodor hodor.
HODOR! hodor. Hodor Hodor HODOR!
hodor hodor Hodor Hodor HODOR! Hodor
Hodor. hodor Hodor Hodor Hodor hodor
hodor hodor Hodor Hodor Hodor. Hodor
Hodor Hodor Hodor Hodor! Hodor. Hodor
Hodor Hodor Hodor Hodor hodor. hodor
hodor hodor hodor? Hodor Hodor Hodor

Hodor Hodor Hodor. Hodor Hodor hodor.
Hodor Hodor Hodor Hodor Hodor Hodor
Hodor Hodor hodor? Hodor. hodor Hodor
Hodor! Hodor. hodor Hodor hodor. HODOR!
Hodor HODOR! Hodor hodor. hodor Hodor
hodor Hodor Hodor! hodor Hodor Hodor
Hodor. HODOR! Hodor Hodor. hodor Hodor
Hodor hodor hodor Hodor Hodor Hodor!
Hodor HODOR! Hodor. Hodor Hodor hodor
hodor? Hodor Hodor. Hodor hodor Hodor
HODOR! Hodor! hodor Hodor HODOR!
HODOR! hodor hodor. Hodor. Hodor Hodor
Hodor! Hodor Hodor. Hodor hodor? hodor
Hodor Hodor hodor Hodor hodor? Hodor
Hodor hodor hodor Hodor Hodor Hodor.
Hodor Hodor Hodor Hodor! HODOR! Hodor!
hodor Hodor HODOR! Hodor. hodor Hodor
hodor Hodor hodor Hodor Hodor Hodor!
Hodor. hodor hodor Hodor hodor? Hodor
Hodor Hodor Hodor Hodor Hodor! Hodor
Hodor Hodor hodor. Hodor Hodor Hodor
hodor hodor Hodor hodor Hodor hodor?
Hodor. Hodor hodor Hodor hodor. HODOR!
hodor Hodor! hodor hodor? hodor hodor.
Hodor Hodor Hodor! Hodor. hodor. hodor.
Hodor Hodor hodor hodor hodor Hodor
hodor Hodor Hodor Hodor hodor hodor.
hodor hodor? Hodor hodor. Hodor HODOR!
hodor? hodor Hodor Hodor Hodor hodor
Hodor Hodor hodor Hodor HODOR! Hodor
hodor Hodor hodor HODOR! Hodor Hodor
Hodor hodor Hodor Hodor! Hodor Hodor!
hodor hodor Hodor Hodor Hodor. hodor

Hodor hodor. hodor? Hodor. Hodor Hodor
Hodor. Hodor HODOR! hodor hodor Hodor
HODOR! Hodor Hodor Hodor hodor. Hodor
hodor Hodor hodor Hodor hodor Hodor.
Hodor Hodor. Hodor hodor hodor. hodor
Hodor Hodor hodor? Hodor Hodor Hodor
Hodor Hodor Hodor! hodor? hodor Hodor
Hodor. Hodor Hodor Hodor. hodor. hodor
hodor Hodor! Hodor. hodor hodor hodor
hodor hodor. Hodor. hodor hodor Hodor
Hodor Hodor. Hodor Hodor Hodor hodor
Hodor Hodor HODOR! Hodor hodor Hodor
hodor HODOR! hodor hodor Hodor Hodor
hodor hodor? Hodor Hodor HODOR! Hodor
Hodor hodor hodor. Hodor Hodor hodor
hodor Hodor HODOR! hodor Hodor Hodor.
Hodor Hodor hodor Hodor Hodor! HODOR!
Hodor Hodor. Hodor! hodor Hodor Hodor!
Hodor Hodor Hodor Hodor hodor hodor.
Hodor Hodor Hodor Hodor! Hodor. hodor
Hodor hodor. Hodor! Hodor Hodor. Hodor.
Hodor hodor hodor. hodor. Hodor. HODOR!
Hodor hodor? Hodor hodor hodor? hodor
Hodor Hodor hodor Hodor HODOR! hodor
Hodor hodor. hodor hodor HODOR! Hodor
Hodor Hodor Hodor Hodor Hodor HODOR!
Hodor Hodor hodor Hodor hodor Hodor
Hodor. Hodor Hodor! Hodor! hodor? Hodor
hodor Hodor Hodor HODOR! hodor? Hodor
hodor? Hodor Hodor Hodor Hodor hodor
Hodor Hodor Hodor Hodor hodor? hodor
Hodor Hodor hodor. hodor? Hodor Hodor
Hodor Hodor hodor. hodor. Hodor hodor

hodor hodor Hodor Hodor. hodor hodor
Hodor Hodor hodor. hodor hodor? Hodor
Hodor hodor hodor HODOR! hodor hodor.
Hodor hodor hodor. Hodor hodor Hodor!
Hodor Hodor hodor Hodor HODOR! Hodor
Hodor! hodor Hodor hodor? Hodor Hodor
Hodor hodor? hodor hodor? Hodor hodor
hodor hodor? Hodor. Hodor hodor hodor.
hodor HODOR! hodor Hodor hodor. hodor
Hodor Hodor HODOR! hodor? Hodor! Hodor
hodor? hodor Hodor hodor hodor Hodor
Hodor hodor hodor Hodor Hodor. HODOR!
Hodor. Hodor. hodor Hodor! Hodor! Hodor!
Hodor Hodor hodor hodor hodor? hodor
Hodor hodor. hodor Hodor Hodor HODOR!
hodor Hodor hodor Hodor Hodor hodor
hodor? hodor Hodor hodor hodor hodor
hodor? Hodor. Hodor! Hodor. hodor? Hodor.
Hodor Hodor Hodor Hodor Hodor Hodor
HODOR! hodor Hodor! Hodor! hodor Hodor
hodor? Hodor! hodor. Hodor Hodor hodor
hodor Hodor Hodor! Hodor hodor Hodor
Hodor Hodor Hodor. HODOR! HODOR!
Hodor. hodor? hodor Hodor HODOR! Hodor!
Hodor hodor? Hodor. HODOR! Hodor Hodor
hodor Hodor! hodor HODOR! Hodor Hodor!
Hodor hodor hodor Hodor Hodor Hodor
Hodor Hodor. Hodor hodor? Hodor Hodor
HODOR! Hodor. Hodor hodor. Hodor hodor.
Hodor hodor Hodor hodor? Hodor Hodor
hodor hodor hodor? hodor. hodor. Hodor
hodor hodor hodor Hodor hodor? hodor
Hodor. hodor hodor Hodor Hodor! Hodor

Hodor Hodor hodor Hodor hodor. Hodor
Hodor hodor? hodor Hodor hodor Hodor
Hodor hodor Hodor! Hodor Hodor hodor
hodor Hodor. Hodor! Hodor Hodor hodor
Hodor Hodor Hodor Hodor hodor? hodor
Hodor Hodor. HODOR! HODOR! Hodor
hodor Hodor hodor Hodor hodor Hodor!
hodor Hodor. Hodor hodor Hodor HODOR!
Hodor HODOR! hodor HODOR! Hodor
Hodor. hodor. hodor – Hodor Hodor Hodor
Hodor Hodor hodor. HODOR! hodor hodor
Hodor Hodor hodor Hodor! Hodor Hodor.
hodor hodor hodor hodor? Hodor hodor?
Hodor! hodor. Hodor Hodor hodor. Hodor
hodor. Hodor Hodor hodor Hodor Hodor
Hodor hodor hodor. Hodor Hodor Hodor.
hodor Hodor! Hodor. Hodor hodor HODOR!
Hodor Hodor Hodor Hodor hodor Hodor!
Hodor. hodor hodor hodor Hodor hodor
HODOR! Hodor hodor Hodor Hodor hodor
Hodor hodor. hodor. hodor Hodor hodor
hodor. Hodor. hodor. Hodor hodor? hodor
Hodor Hodor hodor Hodor! hodor Hodor
Hodor Hodor hodor Hodor Hodor hodor
hodor? hodor? Hodor. Hodor hodor Hodor.
Hodor Hodor. Hodor Hodor Hodor Hodor
Hodor hodor Hodor! Hodor Hodor Hodor
Hodor Hodor hodor hodor? hodor. hodor.
hodor hodor Hodor Hodor HODOR! hodor
hodor hodor? HODOR! Hodor hodor? Hodor
Hodor hodor hodor Hodor Hodor hodor
hodor Hodor Hodor! Hodor hodor hodor?
hodor hodor. Hodor hodor? Hodor hodor.

hodor? Hodor. hodor. Hodor Hodor! Hodor
Hodor Hodor. hodor hodor Hodor hodor.
hodor? Hodor. Hodor Hodor. hodor Hodor!
Hodor Hodor Hodor Hodor Hodor Hodor
Hodor hodor Hodor Hodor hodor Hodor
Hodor Hodor hodor hodor hodor. Hodor.
hodor hodor Hodor Hodor Hodor! hodor
hodor? hodor. Hodor hodor. hodor Hodor
Hodor! Hodor hodor Hodor Hodor hodor
Hodor. Hodor! Hodor Hodor hodor Hodor.
Hodor HODOR! Hodor Hodor Hodor Hodor
Hodor Hodor hodor hodor Hodor hodor
Hodor hodor? hodor hodor hodor. Hodor.
Hodor Hodor hodor? hodor Hodor Hodor
hodor. HODOR! Hodor Hodor! HODOR!
hodor. Hodor hodor Hodor Hodor Hodor
Hodor! Hodor hodor Hodor hodor HODOR!
Hodor hodor. hodor hodor Hodor Hodor
hodor hodor Hodor hodor? HODOR! Hodor
Hodor hodor. hodor. Hodor! Hodor. Hodor
HODOR! Hodor hodor? Hodor hodor hodor.
Hodor hodor hodor hodor? Hodor hodor
hodor hodor hodor? Hodor Hodor Hodor
Hodor. Hodor hodor hodor Hodor Hodor.
hodor Hodor Hodor Hodor HODOR! Hodor
HODOR! HODOR! Hodor! Hodor. hodor
hodor. hodor hodor Hodor Hodor Hodor
hodor hodor? hodor Hodor hodor Hodor
hodor hodor Hodor Hodor. hodor? hodor
Hodor. hodor Hodor! Hodor! hodor hodor.
Hodor. HODOR! Hodor Hodor hodor Hodor
hodor Hodor Hodor Hodor hodor. hodor
Hodor Hodor. Hodor Hodor hodor? hodor?

hodor? hodor Hodor hodor. hodor hodor
Hodor hodor hodor hodor? Hodor hodor
Hodor Hodor Hodor hodor Hodor Hodor
Hodor hodor hodor hodor. Hodor hodor.
Hodor. hodor Hodor Hodor hodor hodor
hodor hodor Hodor HODOR! Hodor
HODOR! HODOR! Hodor Hodor Hodor
hodor Hodor hodor hodor Hodor! Hodor
hodor Hodor hodor. Hodor Hodor hodor
hodor hodor Hodor hodor hodor. Hodor!
Hodor hodor. hodor hodor? Hodor hodor?
Hodor! hodor Hodor HODOR! hodor Hodor
hodor? Hodor! hodor hodor? Hodor Hodor
Hodor Hodor HODOR! hodor hodor Hodor
Hodor hodor Hodor hodor HODOR! Hodor
Hodor Hodor Hodor hodor Hodor hodor
hodor. Hodor. hodor. Hodor Hodor hodor
Hodor hodor hodor Hodor hodor. HODOR!
hodor. hodor Hodor Hodor! hodor HODOR!
hodor hodor HODOR! hodor? hodor? hodor
hodor hodor. hodor hodor HODOR! hodor?
Hodor Hodor hodor Hodor Hodor hodor
Hodor hodor? Hodor hodor Hodor Hodor
Hodor Hodor Hodor Hodor! Hodor. Hodor
Hodor hodor? Hodor Hodor Hodor. hodor
hodor? Hodor! hodor hodor. Hodor HODOR!
hodor Hodor Hodor HODOR! Hodor Hodor
Hodor Hodor hodor Hodor! hodor hodor
hodor Hodor hodor hodor Hodor Hodor
hodor hodor? Hodor Hodor hodor hodor
Hodor Hodor Hodor Hodor HODOR! Hodor
hodor Hodor Hodor! Hodor hodor Hodor
hodor Hodor. Hodor Hodor hodor hodor

hodor. Hodor. Hodor Hodor Hodor Hodor
hodor. Hodor Hodor. hodor Hodor Hodor
Hodor. hodor. hodor Hodor hodor Hodor
Hodor. hodor Hodor Hodor! Hodor hodor.
hodor Hodor HODOR! hodor? Hodor hodor
hodor? Hodor. hodor hodor? hodor hodor
Hodor! Hodor Hodor hodor hodor hodor
hodor HODOR! hodor hodor Hodor. Hodor!
hodor. HODOR! Hodor Hodor Hodor Hodor
hodor? hodor Hodor Hodor hodor hodor
Hodor. Hodor Hodor Hodor Hodor Hodor
Hodor Hodor Hodor! hodor hodor? Hodor
hodor. hodor Hodor Hodor hodor. Hodor
Hodor hodor. HODOR! hodor Hodor Hodor.
Hodor Hodor Hodor! hodor? Hodor Hodor
hodor Hodor hodor. Hodor hodor? Hodor
Hodor hodor hodor hodor. hodor hodor.
Hodor Hodor Hodor Hodor! Hodor hodor
HODOR! Hodor Hodor Hodor hodor Hodor
Hodor hodor Hodor. Hodor Hodor Hodor
Hodor Hodor. hodor. Hodor hodor Hodor!
hodor hodor? Hodor. Hodor Hodor Hodor
Hodor! Hodor hodor hodor Hodor Hodor
hodor. HODOR! Hodor Hodor hodor hodor
hodor Hodor Hodor HODOR! Hodor Hodor
Hodor Hodor hodor. Hodor! Hodor Hodor!
hodor HODOR! hodor? Hodor Hodor hodor
Hodor. Hodor hodor? Hodor Hodor Hodor
Hodor Hodor hodor HODOR! Hodor Hodor
hodor hodor? Hodor hodor Hodor hodor
hodor Hodor hodor hodor? Hodor. hodor
Hodor Hodor hodor Hodor Hodor Hodor
Hodor Hodor hodor hodor. hodor hodor

Hodor Hodor! Hodor! hodor Hodor hodor.
hodor Hodor hodor Hodor Hodor Hodor
Hodor hodor hodor? hodor? Hodor Hodor
Hodor! hodor Hodor Hodor hodor Hodor!
Hodor hodor. Hodor hodor Hodor hodor
Hodor Hodor hodor Hodor Hodor hodor.
hodor? hodor hodor. Hodor Hodor Hodor.
Hodor Hodor. hodor hodor? hodor Hodor!
Hodor HODOR! hodor Hodor Hodor! hodor
hodor? Hodor. hodor Hodor hodor. Hodor
Hodor Hodor hodor Hodor Hodor! hodor?
Hodor hodor hodor Hodor! Hodor Hodor
HODOR! hodor hodor hodor Hodor Hodor!
Hodor! Hodor Hodor Hodor! hodor Hodor!
hodor hodor hodor. hodor Hodor Hodor
Hodor! HODOR! Hodor. Hodor! Hodor!
hodor. Hodor. Hodor! Hodor hodor Hodor.
hodor Hodor! Hodor Hodor Hodor Hodor
hodor Hodor hodor Hodor Hodor Hodor
hodor Hodor Hodor Hodor Hodor hodor
hodor? Hodor Hodor hodor Hodor Hodor
Hodor hodor hodor hodor Hodor Hodor!
Hodor Hodor hodor? Hodor Hodor Hodor
Hodor hodor? hodor hodor Hodor Hodor
hodor. Hodor hodor? Hodor hodor? HODOR!
HODOR! Hodor Hodor! Hodor. Hodor Hodor
Hodor Hodor! Hodor! Hodor! Hodor hodor.
hodor hodor Hodor hodor hodor Hodor.
Hodor! Hodor Hodor! Hodor hodor Hodor.
HODOR! HODOR! Hodor hodor HODOR!
Hodor! Hodor Hodor Hodor Hodor HODOR!
Hodor hodor Hodor hodor Hodor Hodor
Hodor hodor? hodor? hodor? hodor Hodor

11

Hodor Hodor Hodor Hodor Hodor hodor
Hodor HODOR! Hodor Hodor hodor. Hodor
Hodor. hodor hodor Hodor HODOR! Hodor
hodor HODOR! Hodor Hodor Hodor! hodor
Hodor hodor? Hodor. hodor hodor Hodor
hodor hodor hodor? hodor hodor Hodor
hodor. Hodor hodor? Hodor hodor. Hodor
Hodor hodor. hodor? Hodor HODOR! Hodor
Hodor hodor hodor hodor. hodor? hodor
Hodor hodor hodor. Hodor hodor Hodor
hodor HODOR! Hodor hodor Hodor Hodor
Hodor hodor Hodor Hodor hodor hodor.
hodor hodor? hodor. Hodor hodor? Hodor
Hodor Hodor Hodor hodor. HODOR! Hodor
Hodor Hodor! Hodor Hodor hodor. Hodor
Hodor hodor HODOR! Hodor Hodor Hodor!
Hodor hodor – hodor (hodor hodor). Hodor
Hodor hodor HODOR! hodor Hodor Hodor.
hodor? Hodor Hodor Hodor Hodor Hodor
hodor Hodor. Hodor hodor Hodor Hodor
hodor hodor hodor hodor. Hodor hodor. –
Hodor Hodor Hodor HODOR! Hodor. Hodor
hodor Hodor hodor? Hodor hodor. Hodor
hodor Hodor Hodor hodor Hodor Hodor
hodor? hodor hodor hodor hodor? Hodor!
Hodor Hodor Hodor Hodor hodor. Hodor
HODOR! hodor hodor. hodor Hodor hodor
Hodor hodor hodor? Hodor Hodor Hodor
hodor Hodor Hodor Hodor! Hodor Hodor!
Hodor Hodor! Hodor hodor Hodor hodor
Hodor hodor Hodor! Hodor Hodor hodor
Hodor hodor hodor hodor hodor? Hodor
Hodor. Hodor Hodor Hodor. Hodor Hodor!

Hodor Hodor hodor hodor Hodor. Hodor
hodor. Hodor! Hodor Hodor hodor HODOR!
Hodor Hodor Hodor hodor? HODOR!
HODOR! Hodor Hodor Hodor Hodor Hodor
hodor hodor? hodor HODOR! Hodor. hodor
hodor? hodor HODOR! hodor Hodor Hodor
HODOR! Hodor. hodor Hodor Hodor Hodor.
Hodor Hodor Hodor hodor hodor hodor
hodor hodor Hodor Hodor. Hodor hodor
Hodor Hodor hodor Hodor Hodor! Hodor
Hodor. Hodor! Hodor Hodor hodor. hodor
HODOR! Hodor hodor? Hodor Hodor. Hodor
hodor Hodor hodor Hodor! Hodor Hodor.
Hodor. hodor Hodor hodor HODOR! Hodor!
hodor. hodor? hodor Hodor Hodor Hodor.
Hodor hodor Hodor! hodor? Hodor! hodor?
hodor Hodor hodor hodor hodor Hodor
HODOR! Hodor Hodor Hodor. Hodor hodor
Hodor! Hodor Hodor hodor Hodor Hodor
hodor. Hodor Hodor hodor Hodor Hodor
hodor hodor Hodor Hodor Hodor Hodor
Hodor! hodor Hodor hodor. hodor hodor
Hodor Hodor Hodor! hodor Hodor Hodor!
Hodor. Hodor hodor? Hodor hodor hodor
Hodor Hodor. Hodor Hodor hodor? Hodor
Hodor. Hodor. Hodor Hodor Hodor Hodor
Hodor Hodor Hodor hodor hodor hodor
Hodor Hodor Hodor Hodor hodor Hodor
hodor. hodor Hodor! hodor Hodor hodor.
hodor Hodor hodor? Hodor. HODOR! Hodor
Hodor HODOR! Hodor hodor? Hodor hodor
Hodor Hodor hodor Hodor hodor Hodor
hodor hodor hodor Hodor Hodor. Hodor

HODOR! hodor Hodor. Hodor Hodor Hodor
Hodor. hodor? Hodor Hodor. Hodor Hodor
HODOR! Hodor HODOR! hodor? Hodor.
Hodor Hodor Hodor hodor? hodor hodor
hodor.

Translation/Addendum

The following section is a new addition to
Hodor's autobiographical tale. The original
version of this work contained ONLY Hodor's
own voice, but that edition was banned by the
world's largest online bookseller because it
was deemed that the content "may disappoint
our customers." Clearly they do not
understand the love we all have for this hero's
voice!

To appease those who may not wish to read
Hodor's tale solely in his own words, here is
some additional content:

Hodor wasn't always Hodor.

His life began as Wylis, an unknown stable boy who had grown rather…large, compared to those young men near his age. Well-spoken and equally well-liked among those around him, there was a magnetic charm that emanated from this gentle giant. Given the protection and political influence afforded by the masters of House Stark, Wylis had a future that was guaranteed to be, at the very least, comfortable – if not bright. Even if he was just a stable boy, he found satisfaction in the role life had given him.

Even on the cold days, Wylis would look upon the Stark kin and could not want for more. His admiring gaze directed towards Ned and Benjen Stark as they sparred with one another. Their swords clashed, their sacred metal clanging together with an ache for real combat. There was no jealousy as he watched the men. He was happy simply to be able to serve them as he remained under their rule and care.

Interrupting his fascination, there came the approaching sound of hooves galloping against beaten dirt. He turned his head towards the noise to see another fascination –

Lyanna Stark, the only daughter of the Stark House.

Lyanna was a dark-haired beauty that was most loved by her people, and that included Wylis. As Lyanna slowed her steed and came upon him, he extended his hand towards her to help her off her mount, and she grasped his hand to get down. There was something fulfilling about simply existing for these people, even if the duties of the stables were his only contribution.

Wylis turned to take the horse away, but what surprised him would be her next words...

CHAPTER TWO

Hodor Hodor. hodor Hodor Hodor Hodor
hodor hodor hodor Hodor Hodor Hodor.
Hodor Hodor Hodor Hodor Hodor! Hodor.
Hodor Hodor Hodor Hodor Hodor hodor.
hodor hodor hodor hodor? Hodor Hodor
Hodor Hodor Hodor Hodor. Hodor Hodor
hodor. Hodor Hodor Hodor Hodor Hodor
Hodor Hodor Hodor hodor? Hodor. hodor
Hodor Hodor! Hodor. hodor Hodor hodor.
HODOR! Hodor HODOR! Hodor hodor.
hodor Hodor hodor Hodor Hodor! hodor
Hodor Hodor Hodor. HODOR! Hodor Hodor.
hodor Hodor Hodor hodor hodor Hodor
Hodor Hodor! Hodor HODOR! Hodor. Hodor
Hodor hodor hodor? Hodor Hodor. Hodor
hodor Hodor HODOR! Hodor! hodor Hodor
HODOR! HODOR! hodor hodor. Hodor.
Hodor Hodor Hodor! Hodor Hodor. Hodor
hodor? hodor Hodor Hodor hodor Hodor
hodor? Hodor Hodor hodor hodor Hodor
Hodor Hodor. Hodor Hodor Hodor Hodor!
HODOR! Hodor! hodor Hodor HODOR!
Hodor. hodor Hodor hodor Hodor hodor
Hodor Hodor Hodor! Hodor. hodor hodor
Hodor hodor? Hodor Hodor Hodor Hodor
Hodor Hodor! Hodor Hodor Hodor hodor.
Hodor Hodor Hodor hodor hodor Hodor
hodor Hodor hodor? Hodor. Hodor hodor
Hodor hodor. HODOR! hodor Hodor! hodor
hodor? hodor hodor. Hodor Hodor Hodor!
Hodor. hodor. hodor. Hodor Hodor hodor

hodor hodor Hodor hodor Hodor Hodor
Hodor hodor hodor. hodor hodor? Hodor
hodor. Hodor HODOR! hodor? hodor Hodor
Hodor Hodor hodor Hodor Hodor hodor
Hodor HODOR! Hodor hodor Hodor hodor
HODOR! Hodor Hodor Hodor hodor Hodor
Hodor! Hodor Hodor! hodor hodor Hodor
Hodor Hodor. hodor Hodor hodor. hodor?
Hodor. Hodor Hodor Hodor. Hodor HODOR!
hodor hodor Hodor HODOR! Hodor Hodor
Hodor hodor. Hodor hodor Hodor hodor
Hodor hodor Hodor. Hodor Hodor. Hodor
hodor hodor. hodor Hodor Hodor hodor?
Hodor Hodor Hodor Hodor Hodor Hodor!
hodor? hodor Hodor Hodor. Hodor Hodor
Hodor. hodor. hodor hodor Hodor! Hodor.
hodor hodor hodor hodor hodor. Hodor.
hodor hodor Hodor Hodor Hodor. Hodor
Hodor Hodor hodor Hodor Hodor HODOR!
Hodor hodor Hodor hodor HODOR! hodor
hodor Hodor Hodor hodor hodor? Hodor
Hodor HODOR! Hodor Hodor hodor hodor.
Hodor Hodor hodor hodor Hodor HODOR!
hodor Hodor Hodor. Hodor Hodor hodor
Hodor Hodor! HODOR! Hodor Hodor.
Hodor! hodor Hodor Hodor! Hodor Hodor
Hodor Hodor hodor hodor. Hodor Hodor
Hodor Hodor! Hodor. hodor Hodor hodor.
Hodor! Hodor Hodor. Hodor. Hodor hodor
hodor. hodor. Hodor. HODOR! Hodor hodor?
Hodor hodor hodor? hodor Hodor Hodor
hodor Hodor HODOR! hodor Hodor hodor.
hodor hodor HODOR! Hodor Hodor Hodor

Hodor Hodor Hodor HODOR! Hodor Hodor hodor Hodor hodor Hodor Hodor. Hodor Hodor! Hodor! hodor? Hodor hodor Hodor Hodor HODOR! hodor? Hodor hodor? Hodor Hodor Hodor Hodor hodor Hodor Hodor Hodor Hodor hodor? hodor Hodor Hodor hodor. hodor? Hodor Hodor Hodor Hodor hodor. hodor. Hodor hodor hodor hodor Hodor Hodor. hodor hodor Hodor Hodor hodor. hodor hodor?

Hodor Hodor. Hodor hodor? hodor Hodor Hodor hodor Hodor hodor? Hodor Hodor hodor hodor Hodor Hodor Hodor. Hodor Hodor Hodor Hodor! HODOR! Hodor! hodor Hodor HODOR! Hodor. hodor Hodor hodor Hodor hodor Hodor Hodor Hodor! Hodor. hodor hodor Hodor hodor? Hodor Hodor Hodor Hodor Hodor Hodor! Hodor Hodor Hodor hodor. Hodor Hodor Hodor hodor hodor Hodor hodor Hodor hodor? Hodor. Hodor hodor Hodor hodor. HODOR! hodor Hodor! hodor hodor? hodor hodor. Hodor Hodor Hodor! Hodor. hodor. hodor. Hodor Hodor hodor hodor hodor Hodor hodor Hodor Hodor Hodor hodor hodor. hodor hodor? Hodor hodor. Hodor HODOR! hodor? hodor Hodor Hodor Hodor hodor Hodor Hodor hodor Hodor HODOR! Hodor hodor Hodor hodor HODOR! Hodor Hodor Hodor hodor Hodor Hodor! Hodor Hodor! hodor hodor Hodor Hodor Hodor.

Translation/Addendum

"Benjen, you should take Hodor as your sparring partner!" Lyanna shouted.

Wylis was confused as to why she would say that.

"You'll need someone after Ned leaves."

The two men looked at each another, then back towards Wylis as he stood there, dumbfounded and blinking.

Wylis submitted to a quick swordplay lesson, but the newfound information left him flustered. He was usually tame and soft-spoken, but with this new empowering energy, Wylis found himself hoping for more.

To be more than a stable boy.

Then his great-grandmother, Old Nan, had come out to stop him. His new dreams were shattered as she discouraged him from ever touching a sword again. Then Ned Stark spoke up for him.

"With his size, wouldn't he make a good fighter for House Stark?"

A simple notion, that's all it was. But that

query planted the seed for a hope that would
be taken away.

CHAPTER THREE

Hodor Hodor. Hodor hodor? hodor Hodor
Hodor hodor Hodor hodor? Hodor Hodor
hodor hodor Hodor Hodor Hodor. Hodor
Hodor Hodor Hodor! HODOR! Hodor! hodor
Hodor HODOR! Hodor. hodor Hodor hodor
Hodor hodor Hodor Hodor Hodor! Hodor.
hodor hodor Hodor hodor? Hodor Hodor
Hodor Hodor Hodor Hodor! Hodor Hodor
Hodor hodor. Hodor Hodor Hodor hodor
hodor Hodor hodor Hodor hodor? Hodor.
Hodor hodor Hodor hodor. HODOR! hodor
Hodor! hodor hodor? hodor hodor. Hodor
Hodor Hodor! Hodor. hodor. hodor. Hodor
Hodor hodor hodor hodor Hodor hodor
Hodor Hodor Hodor hodor hodor. hodor
hodor? Hodor hodor. Hodor HODOR! hodor?
hodor Hodor Hodor Hodor hodor Hodor
Hodor hodor Hodor HODOR! Hodor hodor
Hodor hodor HODOR! Hodor Hodor Hodor
hodor Hodor Hodor! Hodor Hodor! hodor
hodor Hodor Hodor Hodor. Hodor Hodor
Hodor! Hodor Hodor! (Hodor Hodor) Hodor
hodor Hodor hodor Hodor hodor Hodor!
Hodor Hodor hodor Hodor hodor hodor
hodor hodor? Hodor Hodor. Hodor Hodor
Hodor. Hodor Hodor! Hodor Hodor hodor
hodor Hodor. Hodor hodor. Hodor! Hodor
Hodor hodor HODOR! Hodor Hodor Hodor
hodor? HODOR! HODOR! Hodor Hodor
Hodor Hodor Hodor hodor hodor? hodor
HODOR! Hodor. hodor hodor? hodor

HODOR! hodor Hodor Hodor HODOR!
Hodor. hodor Hodor Hodor Hodor. Hodor
Hodor Hodor hodor hodor hodor hodor
hodor Hodor Hodor. Hodor hodor Hodor
Hodor hodor Hodor Hodor! Hodor Hodor.
Hodor! Hodor Hodor hodor. hodor HODOR!
Hodor hodor? Hodor Hodor. Hodor hodor
Hodor hodor Hodor! Hodor Hodor. Hodor.
hodor Hodor hodor HODOR! Hodor! hodor.
hodor? hodor Hodor Hodor Hodor. Hodor
hodor Hodor! hodor? Hodor! hodor? hodor
Hodor hodor hodor hodor Hodor HODOR!
Hodor Hodor Hodor. Hodor hodor Hodor!
Hodor Hodor hodor Hodor Hodor hodor.
Hodor Hodor hodor Hodor Hodor hodor
hodor Hodor Hodor Hodor Hodor Hodor!
hodor Hodor hodor. hodor hodor Hodor
Hodor Hodor! hodor Hodor Hodor! Hodor.
Hodor hodor? Hodor hodor hodor Hodor
Hodor. Hodor Hodor hodor? Hodor Hodor.
Hodor. Hodor Hodor Hodor Hodor Hodor
Hodor Hodor hodor hodor hodor Hodor
Hodor Hodor Hodor hodor Hodor hodor.
hodor Hodor! hodor Hodor hodor. hodor
Hodor hodor? Hodor. HODOR! Hodor Hodor
HODOR! Hodor hodor? Hodor hodor Hodor
Hodor hodor Hodor hodor Hodor hodor
hodor hodor Hodor Hodor. Hodor HODOR!
hodor Hodor. Hodor Hodor Hodor Hodor.
hodor? Hodor Hodor. Hodor Hodor HODOR!
Hodor HODOR! hodor? Hodor.

Hodor Hodor Hodor! Hodor Hodor! Hodor
Hodor! Hodor hodor Hodor hodor Hodor
hodor Hodor! Hodor Hodor hodor Hodor
hodor hodor hodor hodor? Hodor Hodor.
Hodor Hodor Hodor. Hodor Hodor! Hodor
Hodor hodor hodor Hodor. Hodor hodor.
Hodor! Hodor Hodor hodor HODOR! Hodor
Hodor Hodor hodor? HODOR! HODOR!
Hodor Hodor Hodor Hodor Hodor hodor
hodor? hodor HODOR! Hodor. hodor hodor?
hodor HODOR! hodor Hodor Hodor
HODOR! Hodor. hodor Hodor Hodor Hodor.
Hodor Hodor Hodor hodor hodor hodor
hodor hodor Hodor Hodor. Hodor hodor
Hodor Hodor hodor Hodor Hodor! Hodor
Hodor. Hodor! Hodor Hodor hodor. hodor
HODOR! Hodor hodor? Hodor Hodor. Hodor
hodor Hodor hodor Hodor! Hodor Hodor.
Hodor. hodor Hodor hodor HODOR! Hodor!
hodor. hodor? hodor Hodor Hodor Hodor.
Hodor hodor Hodor! hodor? Hodor! hodor?
hodor Hodor hodor hodor hodor Hodor
HODOR! Hodor Hodor Hodor. Hodor hodor
Hodor! Hodor Hodor hodor Hodor Hodor
hodor. Hodor Hodor hodor Hodor Hodor
hodor hodor Hodor Hodor Hodor Hodor
Hodor! hodor Hodor hodor. hodor hodor
Hodor Hodor Hodor! hodor Hodor Hodor!
Hodor. Hodor hodor? Hodor hodor hodor
Hodor Hodor. Hodor Hodor hodor? Hodor
Hodor. Hodor. Hodor Hodor Hodor Hodor
Hodor Hodor Hodor hodor hodor hodor
Hodor Hodor Hodor Hodor hodor Hodor

hodor. hodor Hodor! hodor Hodor hodor.
hodor Hodor hodor? Hodor. HODOR! Hodor
Hodor HODOR! Hodor hodor? Hodor hodor
Hodor Hodor hodor Hodor hodor Hodor
hodor hodor hodor Hodor Hodor. Hodor
HODOR! hodor Hodor. Hodor Hodor Hodor
Hodor. hodor? Hodor Hodor. Hodor Hodor
HODOR! Hodor HODOR! hodor? Hodor.
Hodor Hodor Hodor. Hodor hodor Hodor!
Hodor Hodor hodor Hodor Hodor hodor.
Hodor Hodor hodor Hodor Hodor hodor
hodor Hodor Hodor Hodor Hodor Hodor!
hodor Hodor hodor. hodor hodor Hodor
Hodor Hodor! hodor Hodor Hodor! Hodor.
Hodor hodor? Hodor hodor hodor Hodor
Hodor. Hodor Hodor hodor? Hodor Hodor.
Hodor. Hodor Hodor Hodor Hodor Hodor
Hodor Hodor hodor hodor hodor Hodor
Hodor Hodor Hodor hodor Hodor hodor.
hodor Hodor! hodor Hodor hodor. hodor
Hodor hodor? Hodor. HODOR! Hodor Hodor
HODOR! Hodor hodor? Hodor hodor Hodor
Hodor hodor Hodor hodor Hodor hodor
hodor hodor Hodor Hodor. Hodor hodor.
hodor hodor Hodor Hodor Hodor! hodor
Hodor Hodor! Hodor. Hodor hodor? Hodor
hodor hodor Hodor Hodor. Hodor Hodor
hodor? Hodor Hodor. Hodor. Hodor Hodor
Hodor Hodor Hodor Hodor Hodor hodor
hodor hodor Hodor Hodor Hodor Hodor
hodor Hodor hodor. hodor Hodor! hodor
Hodor hodor. hodor Hodor hodor? Hodor.
HODOR! Hodor Hodor HODOR! Hodor

hodor? Hodor hodor Hodor Hodor hodor
Hodor hodor Hodor hodor hodor hodor
Hodor Hodor. Hodor Hodor HODOR! Hodor.
hodor Hodor Hodor Hodor. Hodor Hodor
Hodor hodor hodor hodor hodor hodor
Hodor Hodor. Hodor hodor Hodor Hodor
hodor Hodor Hodor! Hodor Hodor. Hodor!
Hodor Hodor hodor. hodor HODOR! Hodor
hodor? Hodor Hodor. Hodor hodor Hodor
hodor Hodor! Hodor Hodor. Hodor. hodor
Hodor hodor HODOR! Hodor! hodor. hodor?
hodor Hodor Hodor Hodor. Hodor hodor
Hodor! hodor? Hodor! hodor? hodor Hodor
hodor hodor hodor Hodor HODOR! Hodor
Hodor Hodor. Hodor hodor Hodor! Hodor
Hodor hodor Hodor Hodor hodor. Hodor
Hodor hodor Hodor Hodor hodor hodor
Hodor Hodor Hodor Hodor Hodor! hodor
Hodor hodor. hodor hodor Hodor Hodor
Hodor! hodor Hodor Hodor! Hodor. Hodor
hodor? Hodor hodor hodor Hodor Hodor.
Hodor Hodor hodor? Hodor Hodor. Hodor.
Hodor Hodor Hodor Hodor Hodor Hodor
Hodor hodor hodor hodor Hodor Hodor
Hodor Hodor hodor Hodor hodor. hodor
Hodor! hodor Hodor hodor. hodor Hodor
hodor? Hodor. HODOR! Hodor Hodor
HODOR! Hodor hodor? Hodor hodor Hodor
Hodor hodor Hodor hodor Hodor hodor
hodor hodor Hodor Hodor. Hodor HODOR!
hodor Hodor. Hodor Hodor Hodor Hodor.
hodor? Hodor Hodor. Hodor Hodor HODOR!
Hodor HODOR! hodor? Hodor.

Hodor Hodor Hodor. Hodor hodor Hodor!
Hodor Hodor hodor Hodor Hodor hodor.

Hodor Hodor HODOR! Hodor. hodor Hodor
Hodor Hodor. Hodor Hodor Hodor hodor
hodor hodor hodor hodor Hodor Hodor.
Hodor hodor Hodor Hodor hodor Hodor
Hodor! Hodor Hodor. Hodor! Hodor Hodor
hodor. hodor HODOR! Hodor hodor? Hodor
Hodor. Hodor hodor Hodor hodor Hodor!
Hodor Hodor. Hodor. hodor Hodor hodor
HODOR! Hodor! hodor. hodor? hodor Hodor
Hodor Hodor. Hodor hodor Hodor! hodor?
Hodor! hodor? hodor Hodor hodor hodor
hodor Hodor HODOR! Hodor Hodor Hodor.
Hodor hodor Hodor! Hodor Hodor hodor
Hodor Hodor hodor. Hodor Hodor hodor
Hodor Hodor hodor hodor Hodor Hodor
Hodor Hodor Hodor! hodor Hodor hodor.
hodor hodor Hodor Hodor Hodor! hodor
Hodor Hodor! Hodor. Hodor hodor? Hodor
hodor hodor Hodor Hodor. Hodor Hodor
hodor? Hodor Hodor. Hodor. Hodor Hodor
Hodor Hodor Hodor Hodor Hodor hodor
hodor hodor Hodor Hodor Hodor Hodor
hodor Hodor hodor. hodor Hodor! hodor
Hodor hodor. hodor Hodor hodor? Hodor.
HODOR! Hodor Hodor HODOR! Hodor
hodor? Hodor hodor Hodor Hodor hodor
Hodor hodor Hodor hodor hodor hodor
Hodor Hodor. Hodor HODOR! hodor Hodor.
Hodor Hodor Hodor Hodor. hodor? Hodor

Hodor. Hodor Hodor HODOR! Hodor
HODOR! hodor? Hodor.
Hodor Hodor Hodor. Hodor hodor Hodor!
Hodor Hodor hodor Hodor Hodor hodor.
Hodor Hodor Hodor. hodor hodor? Hodor!
hodor hodor. Hodor HODOR! hodor Hodor
Hodor HODOR! Hodor Hodor Hodor Hodor
hodor Hodor! hodor hodor hodor Hodor
hodor hodor Hodor Hodor hodor hodor?
Hodor Hodor hodor hodor Hodor Hodor
Hodor Hodor HODOR! Hodor hodor Hodor
Hodor! Hodor hodor Hodor hodor Hodor.
Hodor Hodor hodor hodor hodor. Hodor.
Hodor Hodor Hodor Hodor hodor. Hodor
Hodor. hodor Hodor Hodor Hodor. hodor.
hodor Hodor hodor Hodor Hodor. hodor
Hodor Hodor! Hodor hodor. hodor Hodor
HODOR! hodor? Hodor hodor hodor? Hodor.
hodor hodor? hodor hodor Hodor! Hodor
Hodor hodor hodor hodor hodor HODOR!
hodor hodor Hodor. Hodor! hodor. HODOR!
Hodor Hodor Hodor Hodor hodor? hodor
Hodor Hodor hodor hodor Hodor. Hodor
Hodor Hodor Hodor Hodor Hodor Hodor
Hodor! hodor hodor? Hodor hodor. hodor
Hodor Hodor hodor. Hodor Hodor hodor.
HODOR! hodor Hodor Hodor. Hodor Hodor
Hodor! hodor? Hodor Hodor hodor Hodor
hodor. Hodor hodor? Hodor Hodor hodor
hodor hodor. hodor hodor. Hodor Hodor
Hodor Hodor! Hodor hodor HODOR! Hodor
Hodor Hodor hodor Hodor Hodor hodor
Hodor. Hodor Hodor Hodor Hodor Hodor.

hodor. Hodor hodor Hodor! hodor hodor?
Hodor. Hodor Hodor Hodor Hodor! Hodor
hodor hodor Hodor Hodor hodor. HODOR!
Hodor Hodor hodor hodor hodor Hodor
Hodor HODOR! Hodor Hodor Hodor Hodor
hodor. Hodor! Hodor Hodor! hodor HODOR!
hodor? Hodor Hodor hodor Hodor. Hodor
hodor? Hodor Hodor Hodor Hodor Hodor
hodor HODOR! Hodor Hodor hodor hodor?
Hodor hodor Hodor hodor hodor Hodor
hodor hodor? Hodor. hodor Hodor Hodor
hodor Hodor Hodor Hodor Hodor Hodor
hodor hodor. hodor hodor Hodor Hodor!
Hodor! hodor Hodor hodor. hodor Hodor
hodor Hodor Hodor Hodor Hodor hodor
hodor? hodor? Hodor Hodor Hodor! hodor
Hodor Hodor hodor Hodor! Hodor hodor.
Hodor hodor Hodor hodor Hodor Hodor
hodor Hodor Hodor hodor. hodor? hodor
hodor. Hodor Hodor Hodor. Hodor Hodor.
hodor hodor? hodor Hodor! Hodor HODOR!
hodor Hodor Hodor! hodor hodor? Hodor.
hodor Hodor hodor. Hodor Hodor Hodor
hodor Hodor Hodor! hodor? Hodor hodor
hodor Hodor! Hodor Hodor HODOR! hodor
hodor hodor Hodor Hodor! Hodor! Hodor
Hodor Hodor! hodor Hodor! hodor hodor
hodor. hodor Hodor Hodor Hodor! HODOR!
Hodor. Hodor! Hodor! hodor. Hodor. Hodor!
Hodor hodor Hodor. hodor Hodor! Hodor
Hodor Hodor Hodor hodor Hodor hodor
Hodor Hodor Hodor hodor Hodor Hodor
Hodor Hodor hodor hodor? Hodor Hodor

hodor Hodor Hodor Hodor hodor hodor hodor Hodor Hodor! Hodor Hodor hodor? Hodor Hodor Hodor Hodor hodor? hodor hodor Hodor Hodor hodor. Hodor hodor? Hodor hodor? HODOR! HODOR! Hodor Hodor! Hodor. Hodor Hodor Hodor Hodor! Hodor! Hodor! Hodor hodor. hodor hodor Hodor hodor hodor Hodor. Hodor! Hodor Hodor! Hodor hodor Hodor. HODOR! HODOR! Hodor hodor HODOR! Hodor! Hodor Hodor Hodor Hodor HODOR! Hodor hodor Hodor hodor Hodor Hodor Hodor hodor? hodor? hodor? hodor Hodor Hodor Hodor Hodor Hodor Hodor hodor Hodor HODOR! Hodor Hodor hodor. Hodor Hodor. hodor hodor Hodor HODOR!

Hodor Hodor hodor Hodor hodor hodor hodor hodor? Hodor Hodor. Hodor Hodor Hodor. Hodor Hodor! Hodor Hodor hodor hodor Hodor. Hodor hodor. Hodor! Hodor Hodor hodor HODOR! Hodor Hodor Hodor hodor? HODOR! HODOR! Hodor Hodor Hodor Hodor Hodor hodor hodor? hodor HODOR! Hodor. hodor hodor? hodor HODOR! hodor Hodor Hodor HODOR! Hodor. hodor Hodor Hodor Hodor. Hodor Hodor Hodor hodor hodor hodor hodor hodor Hodor Hodor. Hodor hodor Hodor Hodor hodor Hodor Hodor! Hodor Hodor. Hodor! Hodor Hodor hodor. hodor HODOR! Hodor hodor? Hodor Hodor. Hodor hodor Hodor hodor Hodor! Hodor Hodor. Hodor.

hodor Hodor hodor HODOR! Hodor! hodor.
hodor? hodor Hodor Hodor Hodor. Hodor
hodor Hodor! hodor? Hodor! hodor? hodor
Hodor hodor hodor hodor Hodor HODOR!
Hodor Hodor Hodor. Hodor hodor Hodor!
Hodor Hodor hodor Hodor Hodor hodor.
Hodor Hodor hodor Hodor Hodor hodor
hodor Hodor Hodor Hodor Hodor Hodor!
hodor Hodor hodor. hodor hodor Hodor
Hodor Hodor! hodor Hodor Hodor! Hodor.
Hodor hodor? Hodor hodor hodor Hodor
Hodor. Hodor Hodor hodor? Hodor Hodor.
Hodor. Hodor Hodor Hodor Hodor Hodor
Hodor Hodor hodor hodor hodor Hodor
Hodor Hodor Hodor hodor Hodor hodor.
hodor Hodor! hodor Hodor hodor. hodor
Hodor hodor? Hodor. HODOR! Hodor Hodor
HODOR! Hodor hodor? Hodor hodor Hodor
Hodor hodor Hodor hodor Hodor hodor
hodor hodor Hodor Hodor. Hodor HODOR!
hodor Hodor. Hodor Hodor Hodor Hodor.
hodor? Hodor Hodor. Hodor Hodor HODOR!
Hodor HODOR! hodor? Hodor.
Hodor Hodor Hodor. Hodor hodor Hodor!
Hodor Hodor hodor Hodor Hodor hodor.
Hodor Hodor hodor Hodor Hodor hodor
hodor Hodor Hodor Hodor Hodor Hodor!
hodor Hodor hodor. hodor hodor Hodor
Hodor Hodor! hodor Hodor Hodor! Hodor.
Hodor hodor? Hodor hodor hodor Hodor
Hodor. Hodor Hodor hodor? Hodor Hodor.
Hodor. Hodor Hodor Hodor Hodor Hodor
Hodor Hodor hodor hodor hodor Hodor

Hodor Hodor Hodor hodor Hodor hodor.
hodor Hodor! hodor Hodor hodor. hodor
Hodor hodor? Hodor. HODOR! Hodor Hodor
HODOR! Hodor hodor? Hodor hodor Hodor
Hodor hodor Hodor hodor Hodor hodor
hodor hodor Hodor Hodor. Hodor hodor.
hodor hodor Hodor Hodor Hodor! hodor
Hodor Hodor! Hodor. Hodor hodor? Hodor
hodor hodor Hodor Hodor. Hodor Hodor
hodor? Hodor Hodor. Hodor. Hodor Hodor
Hodor Hodor Hodor Hodor Hodor hodor
hodor hodor Hodor Hodor Hodor Hodor
hodor Hodor hodor. hodor Hodor! hodor
Hodor hodor. hodor Hodor hodor? Hodor.
HODOR! Hodor Hodor HODOR! Hodor
hodor? Hodor hodor Hodor Hodor hodor
Hodor hodor Hodor hodor hodor hodor
Hodor Hodor. Hodor Hodor HODOR! Hodor.
hodor Hodor Hodor Hodor. Hodor Hodor
Hodor hodor hodor hodor hodor hodor
Hodor Hodor. Hodor hodor Hodor Hodor
hodor Hodor Hodor! Hodor Hodor. Hodor!
Hodor Hodor hodor. hodor HODOR! Hodor
hodor? Hodor Hodor. Hodor hodor Hodor
hodor Hodor! Hodor Hodor. Hodor. hodor
Hodor hodor HODOR! Hodor! hodor. hodor?
hodor Hodor Hodor Hodor. Hodor hodor
Hodor! hodor? Hodor! hodor? hodor Hodor
hodor hodor hodor Hodor HODOR! Hodor
Hodor Hodor. Hodor hodor Hodor! Hodor
Hodor hodor Hodor Hodor hodor. Hodor
Hodor hodor Hodor Hodor hodor hodor
Hodor Hodor Hodor Hodor Hodor! hodor

Hodor hodor. hodor hodor Hodor Hodor
Hodor! hodor Hodor Hodor! Hodor. Hodor
hodor? Hodor hodor hodor Hodor Hodor.
Hodor Hodor hodor? Hodor Hodor. Hodor.
Hodor Hodor Hodor Hodor Hodor Hodor
Hodor hodor hodor hodor Hodor Hodor
Hodor Hodor hodor Hodor hodor. hodor
Hodor! hodor Hodor hodor. hodor Hodor
hodor? Hodor. HODOR! Hodor Hodor
HODOR! Hodor hodor? Hodor hodor Hodor
Hodor hodor Hodor hodor Hodor hodor
hodor hodor Hodor Hodor. Hodor HODOR!
hodor Hodor. Hodor Hodor Hodor Hodor.
hodor? Hodor Hodor. Hodor Hodor HODOR!
Hodor HODOR! hodor? Hodor.
Hodor Hodor Hodor. Hodor hodor Hodor!
Hodor Hodor hodor Hodor Hodor hodor.

Hodor Hodor HODOR! Hodor. hodor Hodor
Hodor Hodor. Hodor Hodor Hodor hodor
hodor hodor hodor hodor Hodor Hodor.
Hodor hodor Hodor Hodor hodor Hodor
Hodor! Hodor Hodor. Hodor! Hodor Hodor
hodor. hodor HODOR! Hodor hodor? Hodor
Hodor. Hodor hodor Hodor hodor Hodor!
Hodor Hodor. Hodor. hodor Hodor hodor
HODOR! Hodor! hodor. hodor? hodor Hodor
Hodor Hodor. Hodor hodor Hodor! hodor?
Hodor! hodor? hodor Hodor hodor hodor
hodor Hodor HODOR! Hodor Hodor Hodor.
Hodor hodor Hodor! Hodor Hodor hodor
Hodor Hodor hodor. Hodor Hodor hodor
Hodor Hodor hodor hodor Hodor Hodor

Hodor Hodor Hodor! hodor Hodor hodor.
hodor hodor Hodor Hodor Hodor! hodor
Hodor Hodor! Hodor. Hodor hodor? Hodor
hodor hodor Hodor Hodor. Hodor Hodor
hodor? Hodor Hodor. Hodor. Hodor Hodor
Hodor Hodor Hodor Hodor Hodor hodor
hodor hodor Hodor Hodor Hodor Hodor
hodor Hodor hodor. hodor Hodor! hodor
Hodor hodor. hodor Hodor hodor? Hodor.
HODOR! Hodor Hodor HODOR! Hodor
hodor? Hodor hodor Hodor Hodor hodor
Hodor hodor Hodor hodor hodor hodor
Hodor Hodor. Hodor HODOR! hodor Hodor.
Hodor Hodor Hodor Hodor. hodor? Hodor
Hodor. Hodor Hodor HODOR! Hodor
HODOR! hodor? Hodor.
Hodor Hodor Hodor. Hodor hodor Hodor!
Hodor Hodor hodor Hodor Hodor hodor.
Hodor Hodor Hodor. hodor hodor? Hodor!
hodor hodor.

Translation/Addendum:

Wylis realized when he was left alone in the
stable, he was always rendered with a severe
headache. Visions of his death, the screams of
"Hold the Door!" He felt the pain of being
torn, the fear of the cold.

Over time, Wylis the young man died.

Hodor was born.

Born from what was left of the stableboy.

Time passed, and Hodor never again felt the spark of ambition or desire. The days of those cruel visions beat his psyche into submitting. He accepted being nothing more than a mentally impaired stablehand who served House Stark.

And it was ok.

CHAPTER FOUR

Hodor Hodor hodor Hodor hodor hodor
hodor hodor? Hodor Hodor. Hodor Hodor
Hodor. Hodor Hodor! Hodor Hodor hodor
hodor Hodor. Hodor hodor. Hodor! Hodor
Hodor hodor HODOR! Hodor Hodor Hodor
hodor? HODOR! HODOR! Hodor Hodor
Hodor Hodor Hodor hodor hodor? hodor
HODOR! Hodor. hodor hodor? hodor
HODOR! hodor Hodor Hodor HODOR!
Hodor. hodor Hodor Hodor Hodor. Hodor
Hodor Hodor hodor hodor hodor hodor
hodor Hodor Hodor. Hodor hodor Hodor
Hodor hodor Hodor Hodor! Hodor Hodor.
Hodor! Hodor Hodor hodor. hodor HODOR!
Hodor hodor? Hodor Hodor. Hodor hodor
Hodor hodor Hodor! Hodor Hodor. Hodor.
hodor Hodor hodor HODOR! Hodor! hodor.
hodor? hodor Hodor Hodor Hodor. Hodor
hodor Hodor! hodor? Hodor! hodor? hodor
Hodor hodor hodor hodor Hodor HODOR!
Hodor Hodor Hodor. Hodor hodor Hodor!
Hodor Hodor hodor Hodor Hodor hodor.
Hodor Hodor hodor Hodor Hodor hodor
hodor Hodor Hodor Hodor Hodor Hodor!
hodor Hodor hodor. hodor hodor Hodor
Hodor Hodor! hodor Hodor Hodor! Hodor.
Hodor hodor? Hodor hodor hodor Hodor
Hodor. Hodor Hodor hodor? Hodor Hodor.
Hodor. Hodor Hodor Hodor Hodor Hodor
Hodor Hodor hodor hodor hodor Hodor
Hodor Hodor Hodor hodor Hodor hodor.

hodor Hodor! hodor Hodor hodor. hodor
Hodor hodor? Hodor. HODOR! Hodor Hodor
HODOR! Hodor hodor? Hodor hodor Hodor
Hodor hodor Hodor hodor Hodor hodor
hodor hodor Hodor Hodor. Hodor HODOR!
hodor Hodor. Hodor Hodor Hodor Hodor.
hodor? Hodor Hodor. Hodor Hodor HODOR!
Hodor HODOR! hodor? Hodor.
Hodor Hodor Hodor. Hodor hodor Hodor!
Hodor Hodor hodor Hodor Hodor hodor.
Hodor Hodor hodor Hodor Hodor hodor
hodor Hodor Hodor Hodor Hodor Hodor!
hodor Hodor hodor. hodor hodor Hodor
Hodor Hodor! hodor Hodor Hodor! Hodor.
Hodor hodor? Hodor hodor hodor Hodor
Hodor. Hodor Hodor hodor? Hodor Hodor.
Hodor. Hodor Hodor Hodor Hodor Hodor
Hodor Hodor hodor hodor hodor Hodor
Hodor Hodor Hodor hodor Hodor hodor.
hodor Hodor! hodor Hodor hodor. hodor
Hodor hodor? Hodor. HODOR! Hodor Hodor
HODOR! Hodor hodor? Hodor hodor Hodor
Hodor hodor Hodor hodor Hodor hodor
hodor hodor Hodor Hodor. Hodor hodor.
hodor hodor Hodor Hodor Hodor! hodor
Hodor Hodor! Hodor. Hodor hodor? Hodor
hodor hodor Hodor Hodor. Hodor Hodor
hodor? Hodor Hodor. Hodor. Hodor Hodor
Hodor Hodor Hodor Hodor Hodor hodor
hodor hodor Hodor Hodor Hodor Hodor
hodor Hodor hodor. hodor Hodor! hodor
Hodor hodor. hodor Hodor hodor? Hodor.
HODOR! Hodor Hodor HODOR! Hodor

hodor? Hodor hodor Hodor Hodor hodor
Hodor hodor Hodor hodor hodor hodor
Hodor Hodor. Hodor Hodor HODOR! Hodor.
hodor Hodor Hodor Hodor. Hodor Hodor
Hodor hodor hodor hodor hodor hodor
Hodor Hodor. Hodor hodor Hodor Hodor
hodor Hodor Hodor! Hodor Hodor. Hodor!
Hodor Hodor hodor. hodor HODOR! Hodor
hodor? Hodor Hodor. Hodor hodor Hodor
hodor Hodor! Hodor Hodor. Hodor. hodor
Hodor hodor HODOR! Hodor! hodor. hodor?
hodor Hodor Hodor Hodor. Hodor hodor
Hodor! hodor? Hodor! hodor? hodor Hodor
hodor hodor hodor Hodor HODOR! Hodor
Hodor Hodor. Hodor hodor Hodor! Hodor
Hodor hodor Hodor Hodor hodor. Hodor
Hodor hodor Hodor Hodor hodor hodor
Hodor Hodor Hodor Hodor Hodor! hodor
Hodor hodor. hodor hodor Hodor Hodor
Hodor! hodor Hodor Hodor! Hodor. Hodor
hodor? Hodor hodor hodor Hodor Hodor.
Hodor Hodor hodor? Hodor Hodor. Hodor.
Hodor Hodor Hodor Hodor Hodor Hodor
Hodor hodor hodor hodor Hodor Hodor
Hodor Hodor hodor Hodor hodor. hodor
Hodor! hodor Hodor hodor. hodor Hodor
hodor? Hodor. HODOR! Hodor Hodor
HODOR! Hodor hodor? Hodor hodor Hodor
Hodor hodor Hodor hodor Hodor hodor
hodor hodor Hodor Hodor. Hodor HODOR!
hodor Hodor. Hodor Hodor Hodor Hodor.
hodor? Hodor Hodor. Hodor Hodor HODOR!
Hodor HODOR! hodor? Hodor.

Hodor Hodor Hodor. Hodor hodor Hodor!
Hodor Hodor hodor Hodor Hodor hodor.

Hodor Hodor HODOR! Hodor. hodor Hodor
Hodor Hodor. Hodor Hodor Hodor hodor
hodor hodor hodor hodor Hodor Hodor.
Hodor hodor Hodor Hodor hodor Hodor
Hodor! Hodor Hodor. Hodor! Hodor Hodor
hodor. hodor HODOR! Hodor hodor? Hodor
Hodor. Hodor hodor Hodor hodor Hodor!
Hodor Hodor. Hodor. hodor Hodor hodor
HODOR! Hodor! hodor. hodor? hodor Hodor
Hodor Hodor. Hodor hodor Hodor! hodor?
Hodor! hodor? hodor Hodor hodor hodor
hodor Hodor HODOR! Hodor Hodor Hodor.
Hodor hodor Hodor! Hodor Hodor hodor
Hodor Hodor hodor. Hodor Hodor hodor
Hodor Hodor hodor hodor Hodor Hodor
Hodor Hodor Hodor! hodor Hodor hodor.
hodor hodor Hodor Hodor Hodor! hodor
Hodor Hodor! Hodor. Hodor hodor? Hodor
hodor hodor Hodor Hodor. Hodor Hodor
hodor? Hodor Hodor. Hodor. Hodor Hodor
Hodor Hodor Hodor Hodor Hodor hodor
hodor hodor Hodor Hodor Hodor Hodor
hodor Hodor hodor. hodor Hodor! hodor
Hodor hodor. hodor Hodor hodor? Hodor.
HODOR! Hodor Hodor HODOR! Hodor
hodor? Hodor hodor Hodor Hodor hodor
Hodor hodor Hodor hodor hodor hodor
Hodor Hodor. Hodor HODOR! hodor Hodor.
Hodor Hodor Hodor Hodor. hodor? Hodor

Hodor. Hodor Hodor HODOR! Hodor
HODOR! hodor? Hodor.
Hodor Hodor Hodor. Hodor hodor Hodor!
Hodor Hodor hodor Hodor Hodor hodor.
Hodor Hodor Hodor. hodor hodor? Hodor!
hodor hodor. Hodor Hodor hodor Hodor
hodor hodor hodor hodor? Hodor Hodor.
Hodor Hodor Hodor. Hodor Hodor! Hodor
Hodor hodor hodor Hodor. Hodor hodor.
Hodor! Hodor Hodor hodor HODOR! Hodor
Hodor Hodor hodor? HODOR! HODOR!
Hodor Hodor Hodor Hodor Hodor hodor
hodor? hodor HODOR! Hodor. hodor hodor?
hodor HODOR! hodor Hodor Hodor
HODOR! Hodor. hodor Hodor Hodor Hodor.
Hodor Hodor Hodor hodor hodor hodor
hodor hodor Hodor Hodor. Hodor hodor
Hodor Hodor hodor Hodor Hodor! Hodor
Hodor. Hodor! Hodor Hodor hodor. hodor
HODOR! Hodor hodor? Hodor Hodor. Hodor
hodor Hodor hodor Hodor! Hodor Hodor.
Hodor. hodor Hodor hodor HODOR! Hodor!
hodor. hodor? hodor Hodor Hodor Hodor.
Hodor hodor Hodor! hodor? Hodor! hodor?
hodor Hodor hodor hodor hodor Hodor
HODOR! Hodor Hodor Hodor. Hodor hodor
Hodor! Hodor Hodor hodor Hodor Hodor
hodor. Hodor Hodor hodor Hodor Hodor
hodor hodor Hodor Hodor Hodor Hodor
Hodor! hodor Hodor hodor. hodor hodor
Hodor Hodor Hodor! hodor Hodor Hodor!
Hodor. Hodor hodor? Hodor hodor hodor
Hodor Hodor. Hodor Hodor hodor? Hodor

Hodor. Hodor. Hodor Hodor Hodor Hodor
Hodor Hodor Hodor hodor hodor hodor
Hodor Hodor Hodor Hodor hodor Hodor
hodor. hodor Hodor! hodor Hodor hodor.
hodor Hodor hodor? Hodor. HODOR! Hodor
Hodor HODOR! Hodor hodor? Hodor hodor
Hodor Hodor hodor Hodor hodor Hodor
hodor hodor hodor Hodor Hodor. Hodor
HODOR! hodor Hodor. Hodor Hodor Hodor
Hodor. hodor? Hodor Hodor. Hodor Hodor
HODOR! Hodor HODOR! hodor? Hodor.
Hodor Hodor Hodor. Hodor hodor Hodor!
Hodor Hodor hodor Hodor Hodor hodor.
Hodor Hodor hodor Hodor Hodor hodor
hodor Hodor Hodor Hodor Hodor Hodor!
hodor Hodor hodor. hodor hodor Hodor
Hodor Hodor! hodor Hodor Hodor! Hodor.
Hodor hodor? Hodor hodor hodor Hodor
Hodor. Hodor Hodor hodor? Hodor Hodor.
Hodor. Hodor Hodor Hodor Hodor Hodor
Hodor Hodor hodor hodor hodor Hodor
Hodor Hodor Hodor hodor Hodor hodor.
hodor Hodor! hodor Hodor hodor. hodor
Hodor hodor? Hodor. HODOR! Hodor Hodor
HODOR! Hodor hodor? Hodor hodor Hodor
Hodor hodor Hodor hodor Hodor hodor
hodor hodor Hodor Hodor. Hodor hodor.
hodor hodor Hodor Hodor Hodor! hodor
Hodor Hodor! Hodor. Hodor hodor? Hodor
hodor hodor Hodor Hodor. Hodor Hodor
hodor? Hodor Hodor. Hodor. Hodor Hodor
Hodor Hodor Hodor Hodor Hodor hodor
hodor hodor Hodor Hodor Hodor Hodor

hodor Hodor hodor. hodor Hodor! hodor
Hodor hodor. hodor Hodor hodor? Hodor.
HODOR! Hodor Hodor HODOR! Hodor
hodor? Hodor hodor Hodor Hodor hodor
Hodor hodor Hodor hodor hodor hodor
Hodor Hodor. Hodor Hodor HODOR! Hodor.
hodor Hodor Hodor Hodor. Hodor Hodor
Hodor hodor hodor hodor hodor hodor
Hodor Hodor. Hodor hodor Hodor Hodor
hodor Hodor Hodor! Hodor Hodor. Hodor!
Hodor Hodor hodor. hodor HODOR! Hodor
hodor? Hodor Hodor. Hodor hodor Hodor
hodor Hodor! Hodor Hodor. Hodor. hodor
Hodor hodor HODOR! Hodor! hodor. hodor?
hodor Hodor Hodor Hodor. Hodor hodor
Hodor! hodor? Hodor! hodor? hodor Hodor
hodor hodor hodor Hodor HODOR! Hodor
Hodor Hodor. Hodor hodor Hodor! Hodor
Hodor hodor Hodor Hodor hodor. Hodor
Hodor hodor Hodor Hodor hodor hodor
Hodor Hodor Hodor Hodor Hodor! hodor
Hodor hodor. hodor hodor Hodor Hodor
Hodor! hodor Hodor Hodor! Hodor. Hodor
hodor? Hodor hodor hodor Hodor Hodor.
Hodor Hodor hodor? Hodor Hodor. Hodor.
Hodor Hodor Hodor Hodor Hodor Hodor
Hodor hodor hodor hodor Hodor Hodor
Hodor Hodor hodor Hodor hodor. hodor
Hodor! hodor Hodor hodor. hodor Hodor
hodor? Hodor. HODOR! Hodor Hodor
HODOR! Hodor hodor? Hodor hodor Hodor
Hodor hodor Hodor hodor Hodor hodor
hodor hodor Hodor Hodor. Hodor HODOR!

hodor Hodor. Hodor Hodor Hodor Hodor.
hodor? Hodor Hodor. Hodor Hodor HODOR!
Hodor HODOR! hodor? Hodor.
Hodor Hodor Hodor. Hodor hodor Hodor!
Hodor Hodor hodor Hodor Hodor hodor.

Hodor Hodor HODOR! Hodor. hodor Hodor
Hodor Hodor. Hodor Hodor Hodor hodor
hodor hodor hodor hodor Hodor Hodor.
Hodor hodor Hodor Hodor hodor Hodor
Hodor! Hodor Hodor. Hodor! Hodor Hodor
hodor. hodor HODOR! Hodor hodor? Hodor
Hodor. Hodor hodor Hodor hodor Hodor!
Hodor Hodor. Hodor. hodor Hodor hodor
HODOR! Hodor! hodor. hodor? hodor Hodor
Hodor Hodor. Hodor hodor Hodor! hodor?
Hodor! hodor? hodor Hodor hodor hodor
hodor Hodor HODOR! Hodor Hodor Hodor.
Hodor hodor Hodor! Hodor Hodor hodor
Hodor Hodor hodor. Hodor Hodor hodor
Hodor Hodor hodor hodor Hodor Hodor
Hodor Hodor Hodor! hodor Hodor hodor.
hodor hodor Hodor Hodor Hodor! hodor
Hodor Hodor! Hodor. Hodor hodor? Hodor
hodor hodor Hodor Hodor. Hodor Hodor
hodor? Hodor Hodor. Hodor. Hodor Hodor
Hodor Hodor Hodor Hodor Hodor hodor
hodor hodor Hodor Hodor Hodor Hodor
hodor Hodor hodor. hodor Hodor! hodor
Hodor hodor. hodor Hodor hodor? Hodor.
HODOR! Hodor Hodor HODOR! Hodor
hodor? Hodor hodor Hodor Hodor hodor
Hodor hodor Hodor hodor hodor hodor

Hodor Hodor. Hodor HODOR! hodor Hodor. Hodor Hodor Hodor Hodor. hodor? Hodor Hodor. Hodor Hodor HODOR! Hodor HODOR! hodor? Hodor.

Hodor Hodor Hodor. Hodor hodor Hodor! Hodor Hodor hodor Hodor Hodor hodor. Hodor Hodor Hodor. hodor hodor? Hodor! hodor hodor. Hodor Hodor Hodor hodor Hodor hodor. hodor Hodor! hodor Hodor hodor. hodor Hodor hodor? Hodor. HODOR! Hodor Hodor HODOR! Hodor hodor? Hodor hodor Hodor Hodor hodor Hodor hodor Hodor hodor hodor hodor Hodor Hodor. Hodor HODOR! hodor Hodor. Hodor Hodor Hodor Hodor. hodor? Hodor Hodor. Hodor Hodor HODOR! Hodor HODOR! hodor? Hodor.

Hodor Hodor Hodor. Hodor hodor Hodor! Hodor Hodor hodor Hodor Hodor hodor. Hodor Hodor Hodor. Hodor hodor Hodor! Hodor Hodor hodor Hodor Hodor hodor. Hodor Hodor hodor Hodor Hodor hodor hodor Hodor Hodor Hodor Hodor Hodor! hodor Hodor hodor. hodor hodor Hodor Hodor Hodor! hodor Hodor Hodor! Hodor. Hodor hodor? Hodor hodor hodor Hodor Hodor. Hodor Hodor hodor? Hodor Hodor. Hodor. Hodor Hodor Hodor Hodor Hodor Hodor Hodor hodor hodor hodor Hodor Hodor Hodor Hodor hodor Hodor hodor. hodor Hodor! hodor Hodor hodor. hodor

Hodor hodor? Hodor. HODOR! Hodor Hodor
HODOR! Hodor hodor? Hodor hodor Hodor
Hodor hodor Hodor hodor Hodor hodor
hodor hodor Hodor Hodor. Hodor Hodor.
Hodor hodor? hodor Hodor Hodor hodor
Hodor hodor? Hodor Hodor hodor hodor
Hodor Hodor Hodor. Hodor Hodor Hodor
Hodor! HODOR! Hodor! hodor Hodor
HODOR! Hodor. hodor Hodor hodor Hodor
hodor Hodor Hodor Hodor! Hodor. hodor
hodor Hodor hodor? Hodor Hodor Hodor
Hodor Hodor Hodor! Hodor Hodor Hodor
hodor. Hodor Hodor Hodor hodor hodor
Hodor hodor Hodor hodor? Hodor. Hodor
hodor Hodor hodor. HODOR! hodor Hodor!
hodor hodor? hodor hodor. Hodor Hodor
Hodor! Hodor. hodor. hodor. Hodor Hodor
hodor hodor hodor Hodor hodor Hodor
Hodor Hodor hodor hodor. hodor hodor?
Hodor hodor. Hodor HODOR! hodor? hodor
Hodor Hodor Hodor hodor Hodor Hodor
hodor Hodor HODOR! Hodor hodor Hodor
hodor HODOR! Hodor Hodor Hodor hodor
Hodor Hodor! Hodor Hodor! hodor hodor
Hodor Hodor Hodor. Hodor Hodor Hodor
hodor Hodor hodor. hodor Hodor! hodor
Hodor hodor. hodor Hodor hodor? Hodor.
HODOR! Hodor Hodor HODOR! Hodor
hodor? Hodor hodor Hodor Hodor hodor
Hodor hodor Hodor hodor hodor hodor
Hodor Hodor. Hodor HODOR! hodor Hodor.
Hodor Hodor Hodor Hodor. hodor? Hodor

Hodor. Hodor Hodor HODOR! Hodor
HODOR! hodor? Hodor.
Hodor Hodor Hodor. Hodor hodor Hodor!
Hodor Hodor hodor Hodor Hodor hodor.
Hodor Hodor hodor Hodor Hodor Hodor
Hodor Hodor Hodor hodor? hodor. Hodor
hodor Hodor Hodor. hodor Hodor HODOR!
hodor Hodor hodor Hodor. hodor? Hodor
Hodor Hodor Hodor Hodor Hodor! hodor
hodor? hodor Hodor Hodor Hodor hodor
HODOR! Hodor hodor hodor? hodor Hodor
hodor? hodor hodor Hodor Hodor Hodor
Hodor hodor Hodor hodor hodor Hodor
Hodor. Hodor! Hodor. hodor? Hodor
HODOR! hodor hodor. hodor? hodor. Hodor
Hodor hodor. Hodor hodor hodor? hodor
Hodor hodor Hodor hodor hodor hodor
hodor? Hodor Hodor hodor Hodor HODOR!
Hodor hodor Hodor! hodor? hodor? Hodor
HODOR! Hodor hodor Hodor. hodor? hodor?
Hodor Hodor hodor. hodor. hodor Hodor
Hodor Hodor Hodor Hodor Hodor. Hodor.
Hodor Hodor Hodor Hodor Hodor Hodor.
Hodor hodor hodor? hodor Hodor hodor
Hodor Hodor HODOR! Hodor Hodor. Hodor
hodor Hodor hodor Hodor Hodor hodor
hodor. hodor hodor? Hodor. hodor hodor.
HODOR! Hodor hodor hodor Hodor! hodor
Hodor Hodor Hodor! Hodor Hodor. hodor
Hodor Hodor hodor hodor hodor Hodor
HODOR! Hodor. Hodor Hodor Hodor. hodor
hodor. Hodor Hodor hodor HODOR! hodor
hodor Hodor hodor. Hodor Hodor hodor

hodor Hodor! Hodor Hodor! hodor. HODOR! Hodor Hodor Hodor HODOR! hodor. Hodor Hodor hodor Hodor Hodor hodor? hodor Hodor Hodor. Hodor! Hodor Hodor hodor hodor hodor Hodor. hodor hodor. Hodor Hodor Hodor HODOR! Hodor hodor Hodor! hodor Hodor Hodor Hodor Hodor. Hodor Hodor HODOR! Hodor Hodor Hodor hodor Hodor hodor Hodor Hodor! Hodor Hodor! hodor. hodor. Hodor. hodor hodor Hodor hodor HODOR! Hodor Hodor Hodor hodor Hodor! hodor. hodor Hodor Hodor HODOR! hodor Hodor Hodor HODOR! Hodor! hodor Hodor hodor hodor Hodor! Hodor HODOR! Hodor Hodor hodor hodor? hodor. Hodor Hodor Hodor Hodor Hodor! Hodor! Hodor Hodor! hodor Hodor.

Translation/Addendum:

Eventually, Hodor was stationed to care for Bran Stark, the son of Ned Stark.

One of his primary duties was to carry the young master, for Bran Stark was crippled. The gift of walking had been taken from him in an accident after a horrible vision.

But Hodor didn't mind. He was happy being the simple-minded fool that carried the son of his lord.

But the winters were becoming colder, and Hodor knew that he was taking Bran and the Wildling Osha far from home, to where the winters were harsher and more frigid than ever.

And he would follow those orders that were given to him.

He would follow them as if it Destiny itself commanded his fate.

To each place, Hodor carried the crippled boy, even though there was clearly something amiss with Bran. The way he stared far, far away – as if he weren't even there with them to begin with. The three met various people along the way, but not a single one of them were kept to mind.

Not for now.

The words kept repeating in his head, Bran's voice overlapping with it.

"Hold the door!"

But some days Hodor's thoughts were not consumed by that command…

CHAPTER FIVE

Hodor Hodor! hodor Hodor! Hodor Hodor
Hodor Hodor Hodor Hodor! Hodor Hodor
hodor Hodor. hodor HODOR! hodor Hodor
hodor hodor. hodor hodor Hodor Hodor
Hodor hodor. Hodor hodor. hodor? Hodor
hodor Hodor. Hodor Hodor hodor Hodor
hodor hodor? hodor Hodor hodor Hodor
hodor hodor Hodor hodor Hodor hodor.
hodor hodor? Hodor Hodor. hodor Hodor
Hodor! Hodor Hodor! hodor Hodor Hodor.
hodor? hodor. Hodor Hodor! Hodor Hodor
HODOR! Hodor Hodor Hodor Hodor. hodor?
HODOR! Hodor HODOR! hodor Hodor
Hodor hodor HODOR! Hodor hodor Hodor
Hodor! Hodor hodor Hodor Hodor HODOR!
hodor. hodor? Hodor Hodor hodor? Hodor
hodor HODOR! Hodor. Hodor hodor hodor
Hodor. hodor. hodor Hodor hodor Hodor
Hodor Hodor Hodor Hodor hodor. Hodor
Hodor hodor Hodor Hodor Hodor Hodor
Hodor Hodor hodor? hodor. Hodor hodor
Hodor Hodor. hodor Hodor HODOR! hodor
Hodor hodor Hodor. hodor? Hodor Hodor
Hodor Hodor Hodor Hodor! hodor hodor?
hodor Hodor Hodor Hodor hodor HODOR!
Hodor hodor hodor? hodor Hodor hodor?
hodor hodor Hodor Hodor Hodor Hodor
hodor Hodor hodor hodor Hodor Hodor.
Hodor! Hodor. hodor? Hodor HODOR! hodor
hodor. hodor? hodor. Hodor Hodor hodor.
Hodor hodor hodor? hodor Hodor hodor

Hodor hodor hodor hodor hodor? Hodor
Hodor hodor Hodor HODOR! Hodor hodor
Hodor! hodor? hodor? Hodor HODOR!
Hodor hodor Hodor. hodor? hodor? Hodor
Hodor hodor. hodor. hodor Hodor Hodor
Hodor Hodor Hodor Hodor. Hodor. Hodor
Hodor Hodor Hodor Hodor Hodor. Hodor
hodor hodor? hodor Hodor hodor Hodor
Hodor HODOR! Hodor Hodor. Hodor hodor
Hodor hodor Hodor Hodor hodor hodor.
hodor hodor? Hodor. hodor hodor. HODOR!
Hodor hodor hodor Hodor! hodor Hodor
Hodor Hodor! Hodor Hodor. hodor Hodor
Hodor hodor hodor hodor Hodor HODOR!
Hodor. Hodor Hodor Hodor. hodor hodor.
Hodor Hodor hodor HODOR! hodor hodor
Hodor hodor. Hodor Hodor hodor hodor
Hodor! Hodor Hodor! hodor. HODOR!
Hodor Hodor Hodor HODOR! hodor. Hodor
Hodor hodor Hodor Hodor hodor? hodor
Hodor Hodor. Hodor! Hodor Hodor hodor
hodor hodor Hodor. hodor hodor. Hodor
Hodor Hodor HODOR! Hodor hodor Hodor!
hodor Hodor Hodor Hodor Hodor. Hodor
Hodor HODOR! Hodor Hodor Hodor hodor
Hodor hodor Hodor Hodor! Hodor Hodor!
hodor. hodor. Hodor. hodor hodor Hodor
hodor HODOR! Hodor Hodor Hodor hodor
Hodor! hodor. hodor Hodor Hodor HODOR!
hodor Hodor Hodor HODOR! Hodor! hodor
Hodor hodor hodor Hodor! Hodor HODOR!
Hodor Hodor hodor hodor? hodor. Hodor
Hodor Hodor Hodor Hodor! Hodor! Hodor

Hodor! hodor Hodor. Hodor Hodor HODOR!
Hodor. hodor Hodor Hodor Hodor. Hodor
Hodor Hodor hodor hodor hodor hodor
hodor Hodor Hodor. Hodor hodor Hodor
Hodor hodor Hodor Hodor! Hodor Hodor.
Hodor! Hodor Hodor hodor. hodor HODOR!
Hodor hodor? Hodor Hodor. Hodor hodor
Hodor hodor Hodor! Hodor Hodor. Hodor.
hodor Hodor hodor HODOR! Hodor! hodor.
hodor? hodor Hodor Hodor Hodor. Hodor
hodor Hodor! hodor? Hodor! hodor? hodor
Hodor hodor hodor hodor Hodor HODOR!
Hodor Hodor Hodor. Hodor hodor Hodor!
Hodor Hodor hodor Hodor Hodor hodor.
Hodor Hodor hodor Hodor Hodor hodor
hodor Hodor Hodor Hodor Hodor Hodor!
hodor Hodor hodor. hodor hodor Hodor
Hodor Hodor! hodor Hodor Hodor! Hodor.
Hodor hodor? Hodor hodor hodor Hodor
Hodor. Hodor Hodor hodor? Hodor Hodor.
Hodor. Hodor Hodor Hodor Hodor Hodor
Hodor Hodor hodor hodor hodor Hodor
Hodor Hodor Hodor hodor Hodor hodor.
hodor Hodor! hodor Hodor hodor. hodor
Hodor hodor? Hodor. HODOR! Hodor Hodor
HODOR! Hodor hodor? Hodor hodor Hodor
Hodor hodor Hodor hodor Hodor hodor
hodor hodor Hodor Hodor. Hodor HODOR!
hodor Hodor. Hodor Hodor Hodor Hodor.
hodor? Hodor Hodor. Hodor Hodor HODOR!
Hodor HODOR! hodor? Hodor.
Hodor Hodor Hodor. Hodor hodor Hodor!
Hodor Hodor hodor Hodor Hodor hodor.

Hodor Hodor. hodor Hodor Hodor Hodor
hodor hodor hodor Hodor Hodor Hodor.
Hodor Hodor Hodor Hodor Hodor! Hodor.
Hodor Hodor Hodor Hodor Hodor hodor.
hodor hodor hodor hodor? Hodor Hodor
Hodor Hodor Hodor Hodor. Hodor Hodor
hodor. Hodor Hodor Hodor Hodor Hodor
Hodor Hodor Hodor hodor? Hodor. hodor
Hodor Hodor! Hodor. hodor Hodor hodor.
HODOR! Hodor HODOR! Hodor hodor.
hodor Hodor hodor Hodor Hodor! hodor
Hodor Hodor Hodor. HODOR! Hodor Hodor.
hodor Hodor Hodor hodor hodor Hodor
Hodor Hodor! Hodor HODOR! Hodor. Hodor
Hodor hodor hodor? Hodor Hodor. Hodor
hodor Hodor HODOR! Hodor! hodor Hodor
HODOR! HODOR! hodor hodor. Hodor.
Hodor Hodor Hodor! Hodor Hodor. Hodor
hodor? hodor Hodor Hodor hodor Hodor
hodor? Hodor Hodor hodor hodor Hodor
Hodor Hodor. Hodor Hodor Hodor Hodor!
HODOR! Hodor! hodor Hodor HODOR!
Hodor. hodor Hodor hodor Hodor hodor
Hodor Hodor Hodor! Hodor. hodor hodor
Hodor hodor? Hodor Hodor Hodor Hodor
Hodor Hodor! Hodor Hodor Hodor hodor.
Hodor Hodor Hodor hodor hodor Hodor
hodor Hodor hodor? Hodor. Hodor hodor
Hodor hodor. HODOR! hodor Hodor! hodor
hodor? hodor hodor. Hodor Hodor Hodor!
Hodor. hodor. hodor. Hodor Hodor hodor
hodor hodor Hodor hodor Hodor Hodor
Hodor hodor hodor. hodor hodor? Hodor

hodor. Hodor HODOR! hodor? hodor Hodor
Hodor Hodor hodor Hodor Hodor hodor
Hodor HODOR! Hodor hodor Hodor hodor
HODOR! Hodor Hodor Hodor hodor Hodor
Hodor! Hodor Hodor! hodor hodor Hodor
Hodor Hodor. hodor Hodor hodor. hodor?
Hodor. Hodor Hodor Hodor. Hodor HODOR!
hodor hodor Hodor HODOR! Hodor Hodor
Hodor hodor. Hodor hodor Hodor hodor
Hodor hodor Hodor. Hodor Hodor. Hodor
hodor hodor. hodor Hodor Hodor hodor?
Hodor Hodor Hodor Hodor Hodor Hodor!
hodor? hodor Hodor Hodor. Hodor Hodor
Hodor. hodor. hodor hodor Hodor! Hodor.
hodor hodor hodor hodor hodor. Hodor.
hodor hodor Hodor Hodor Hodor. Hodor
Hodor Hodor hodor Hodor Hodor HODOR!
Hodor hodor Hodor hodor HODOR! hodor
hodor Hodor Hodor hodor hodor? Hodor
Hodor HODOR! Hodor Hodor hodor hodor.
Hodor Hodor hodor hodor Hodor HODOR!
hodor Hodor Hodor. Hodor Hodor hodor
Hodor Hodor! HODOR! Hodor Hodor.
Hodor! hodor Hodor Hodor! Hodor Hodor
Hodor Hodor hodor hodor. Hodor Hodor
Hodor Hodor! Hodor. hodor Hodor hodor.
Hodor! Hodor Hodor. Hodor. Hodor hodor
hodor. hodor. Hodor. HODOR! Hodor hodor?
Hodor hodor hodor? hodor Hodor Hodor
hodor Hodor HODOR! hodor Hodor hodor.
hodor hodor HODOR! Hodor Hodor Hodor
Hodor Hodor Hodor HODOR! Hodor Hodor
hodor Hodor hodor Hodor Hodor. Hodor

Hodor! Hodor! hodor? Hodor hodor Hodor
Hodor HODOR! hodor? Hodor hodor? Hodor
Hodor Hodor Hodor hodor Hodor Hodor
Hodor Hodor hodor? hodor Hodor Hodor
hodor. hodor? Hodor Hodor Hodor Hodor
hodor. hodor. Hodor hodor hodor hodor
Hodor Hodor. hodor hodor Hodor Hodor
hodor. hodor hodor?

HODOR! Hodor hodor? hodor? hodor Hodor
Hodor Hodor Hodor hodor. Hodor hodor
Hodor hodor Hodor. Hodor hodor hodor
hodor Hodor Hodor! hodor hodor hodor
Hodor hodor Hodor Hodor hodor. hodor?
hodor. hodor hodor Hodor Hodor! Hodor
Hodor! hodor? hodor hodor Hodor hodor.
Hodor hodor HODOR! hodor Hodor Hodor
Hodor! HODOR! hodor Hodor hodor
HODOR! hodor Hodor HODOR! hodor
Hodor! Hodor Hodor hodor. Hodor! Hodor
Hodor Hodor. Hodor HODOR! hodor. hodor
hodor. Hodor hodor? Hodor Hodor. hodor?
Hodor Hodor! Hodor Hodor hodor Hodor
hodor Hodor Hodor Hodor. Hodor hodor?
Hodor Hodor Hodor hodor Hodor Hodor
Hodor hodor hodor hodor HODOR! Hodor
HODOR! Hodor Hodor Hodor hodor Hodor
hodor. Hodor. hodor Hodor hodor Hodor
Hodor Hodor Hodor hodor Hodor Hodor
hodor Hodor! hodor Hodor Hodor HODOR!
Hodor hodor Hodor HODOR! Hodor Hodor.
Hodor hodor Hodor Hodor! Hodor! hodor.
HODOR! Hodor. Hodor hodor Hodor Hodor

Hodor hodor hodor Hodor! Hodor! hodor
hodor. Hodor Hodor Hodor! Hodor Hodor
hodor? Hodor! hodor. Hodor. Hodor.
HODOR! Hodor! Hodor hodor hodor. hodor
Hodor Hodor Hodor! hodor HODOR! hodor.
hodor Hodor Hodor! hodor Hodor hodor
Hodor Hodor HODOR! hodor Hodor Hodor
Hodor Hodor hodor HODOR! hodor Hodor
Hodor hodor Hodor hodor hodor HODOR!
hodor Hodor! Hodor. hodor hodor Hodor
Hodor Hodor HODOR! Hodor! Hodor Hodor
Hodor Hodor hodor Hodor HODOR! hodor
Hodor Hodor Hodor Hodor hodor Hodor
Hodor Hodor HODOR! hodor HODOR!
Hodor hodor. Hodor hodor hodor hodor
hodor? hodor Hodor Hodor Hodor hodor
hodor hodor Hodor hodor hodor? hodor
hodor. hodor. Hodor! Hodor hodor hodor
Hodor hodor hodor. HODOR! HODOR!
Hodor Hodor Hodor Hodor. Hodor. hodor.
Hodor Hodor hodor HODOR! hodor hodor?
Hodor Hodor! Hodor Hodor hodor hodor
Hodor Hodor. hodor. Hodor Hodor hodor
Hodor Hodor Hodor Hodor! hodor. hodor
hodor Hodor hodor HODOR! Hodor
HODOR! Hodor Hodor hodor Hodor Hodor
Hodor hodor. hodor? hodor? HODOR! Hodor
hodor. Hodor hodor hodor Hodor! Hodor
hodor? Hodor Hodor hodor hodor Hodor
hodor Hodor! Hodor HODOR! hodor hodor?
hodor? HODOR! HODOR! Hodor! Hodor
hodor Hodor hodor hodor. hodor Hodor
hodor hodor? Hodor. hodor. Hodor hodor.

HODOR! hodor. Hodor Hodor HODOR!
hodor hodor Hodor Hodor HODOR! Hodor
Hodor. hodor Hodor Hodor Hodor hodor
hodor hodor Hodor Hodor Hodor. Hodor
Hodor Hodor Hodor Hodor! Hodor. Hodor
Hodor Hodor Hodor Hodor hodor. hodor
hodor hodor hodor? Hodor Hodor Hodor
Hodor Hodor Hodor. Hodor Hodor hodor.
Hodor Hodor Hodor Hodor Hodor Hodor
Hodor Hodor hodor? Hodor. hodor Hodor
Hodor! Hodor. hodor Hodor hodor. HODOR!
Hodor HODOR! Hodor hodor. hodor Hodor
hodor Hodor Hodor! hodor Hodor Hodor
Hodor. HODOR! Hodor Hodor. hodor Hodor
Hodor hodor hodor Hodor Hodor Hodor!
Hodor HODOR! Hodor. Hodor Hodor hodor
hodor? Hodor Hodor. Hodor hodor Hodor
HODOR! Hodor! hodor Hodor HODOR!
HODOR! hodor hodor. Hodor. Hodor Hodor
Hodor! Hodor Hodor. Hodor hodor? hodor
Hodor Hodor hodor Hodor hodor? Hodor
Hodor hodor hodor Hodor Hodor Hodor.
Hodor Hodor Hodor Hodor! HODOR! Hodor!
hodor Hodor HODOR! Hodor. hodor Hodor
hodor Hodor hodor Hodor Hodor Hodor!
Hodor. hodor hodor Hodor hodor? Hodor
Hodor Hodor Hodor Hodor Hodor! Hodor
Hodor Hodor hodor. Hodor Hodor Hodor
hodor hodor Hodor hodor Hodor hodor?
Hodor. Hodor hodor Hodor hodor. HODOR!
hodor Hodor! hodor hodor? hodor hodor.
Hodor Hodor Hodor! Hodor. hodor. hodor.
Hodor Hodor hodor hodor hodor Hodor

hodor Hodor Hodor Hodor hodor hodor.
hodor hodor? Hodor hodor. Hodor HODOR!
hodor? hodor Hodor Hodor Hodor hodor
Hodor Hodor hodor Hodor HODOR! Hodor
hodor Hodor hodor HODOR! Hodor Hodor
Hodor hodor Hodor Hodor! Hodor Hodor!
hodor hodor Hodor Hodor Hodor. hodor
Hodor hodor. hodor? Hodor. Hodor Hodor
Hodor. Hodor HODOR! hodor hodor Hodor
HODOR! Hodor Hodor Hodor hodor. Hodor
hodor Hodor hodor Hodor hodor Hodor.
Hodor Hodor. Hodor hodor hodor. hodor
Hodor Hodor hodor? Hodor Hodor Hodor
Hodor Hodor Hodor! hodor? hodor Hodor
Hodor. Hodor Hodor Hodor. hodor. hodor
hodor Hodor! Hodor. hodor hodor hodor
hodor hodor. Hodor. hodor hodor Hodor
Hodor Hodor. Hodor Hodor Hodor hodor
Hodor Hodor HODOR! Hodor hodor Hodor
hodor HODOR! hodor hodor Hodor Hodor
hodor hodor? Hodor Hodor HODOR! Hodor
Hodor hodor hodor. Hodor Hodor hodor
hodor Hodor HODOR! hodor Hodor Hodor.
Hodor Hodor hodor Hodor Hodor! HODOR!
Hodor Hodor. Hodor! hodor Hodor Hodor!
Hodor Hodor Hodor Hodor hodor hodor.
Hodor Hodor Hodor Hodor! Hodor. hodor
Hodor hodor. Hodor! Hodor Hodor. Hodor.
Hodor hodor hodor. hodor. Hodor. HODOR!
Hodor hodor? Hodor hodor hodor? hodor
Hodor Hodor hodor Hodor HODOR! hodor
Hodor hodor. hodor hodor HODOR! Hodor
Hodor Hodor Hodor Hodor Hodor HODOR!

Hodor Hodor hodor Hodor hodor Hodor
Hodor. Hodor Hodor! Hodor! hodor? Hodor
hodor Hodor Hodor HODOR! hodor? Hodor
hodor? Hodor Hodor Hodor Hodor hodor
Hodor Hodor Hodor Hodor hodor? hodor
Hodor Hodor hodor. hodor? Hodor Hodor
Hodor Hodor hodor. hodor. Hodor hodor
hodor hodor Hodor Hodor. hodor hodor
Hodor Hodor hodor. hodor hodor? Hodor
Hodor hodor hodor HODOR! hodor hodor.
Hodor hodor hodor. Hodor hodor Hodor!
Hodor Hodor hodor Hodor HODOR! Hodor
Hodor! hodor Hodor hodor? Hodor Hodor
Hodor hodor? hodor hodor? Hodor hodor
hodor hodor? Hodor. Hodor hodor hodor.
hodor HODOR! hodor Hodor hodor. hodor
Hodor Hodor HODOR! hodor? Hodor! Hodor
hodor? hodor Hodor hodor hodor Hodor
Hodor hodor hodor Hodor Hodor. HODOR!
Hodor. Hodor. hodor Hodor! Hodor! Hodor!
Hodor Hodor hodor hodor hodor? hodor
Hodor hodor. hodor Hodor Hodor HODOR!
hodor Hodor hodor Hodor Hodor hodor
hodor? hodor Hodor hodor hodor hodor
hodor? Hodor. Hodor! Hodor. hodor? Hodor.
Hodor Hodor Hodor Hodor Hodor Hodor
HODOR! hodor Hodor! Hodor! hodor Hodor
hodor? Hodor! hodor. Hodor Hodor hodor
hodor Hodor Hodor! Hodor hodor Hodor
Hodor Hodor Hodor. HODOR! HODOR!
Hodor. hodor? hodor Hodor HODOR! Hodor!
Hodor hodor? Hodor. HODOR! Hodor Hodor
hodor Hodor! hodor HODOR! Hodor Hodor!

Hodor hodor hodor Hodor Hodor Hodor
Hodor Hodor. Hodor hodor? Hodor Hodor
HODOR! Hodor. Hodor hodor. Hodor hodor.
Hodor hodor Hodor hodor? Hodor Hodor
hodor hodor hodor? hodor. hodor. Hodor
hodor hodor hodor Hodor hodor? hodor
Hodor. hodor hodor Hodor Hodor! Hodor
Hodor Hodor hodor Hodor hodor. Hodor
Hodor hodor? hodor Hodor hodor Hodor
Hodor hodor Hodor! Hodor Hodor hodor
hodor Hodor. Hodor! Hodor Hodor hodor
Hodor Hodor Hodor Hodor hodor? hodor
Hodor Hodor. HODOR! HODOR! Hodor
hodor Hodor hodor Hodor hodor Hodor!
hodor Hodor. Hodor hodor Hodor HODOR!
Hodor HODOR! hodor HODOR! Hodor
Hodor. hodor. hodor – Hodor Hodor Hodor
Hodor Hodor hodor. HODOR! hodor hodor
Hodor Hodor hodor Hodor! Hodor Hodor.
hodor hodor hodor hodor? Hodor hodor?
Hodor! hodor. Hodor Hodor hodor. Hodor
hodor. Hodor Hodor hodor Hodor Hodor
Hodor hodor hodor. Hodor Hodor Hodor.
hodor Hodor! Hodor. Hodor hodor HODOR!
Hodor Hodor Hodor Hodor hodor Hodor!
Hodor. hodor hodor hodor Hodor hodor
HODOR! Hodor hodor Hodor Hodor hodor
Hodor hodor. hodor. hodor Hodor hodor
hodor. Hodor. hodor. Hodor hodor? hodor
Hodor Hodor hodor Hodor! hodor Hodor
Hodor Hodor hodor Hodor Hodor hodor
hodor? hodor? Hodor. Hodor hodor Hodor.
Hodor Hodor. Hodor Hodor Hodor Hodor

Hodor hodor Hodor! Hodor Hodor Hodor
Hodor Hodor hodor hodor? hodor. hodor.
hodor hodor Hodor Hodor HODOR! hodor
hodor hodor? HODOR! Hodor hodor? Hodor
Hodor hodor hodor Hodor Hodor hodor
hodor Hodor Hodor! Hodor hodor hodor?
hodor hodor. Hodor hodor? Hodor hodor.
hodor? Hodor. hodor. Hodor Hodor! Hodor
Hodor Hodor. hodor hodor Hodor hodor.
hodor? Hodor. Hodor Hodor. hodor Hodor!
Hodor Hodor Hodor Hodor Hodor Hodor
Hodor hodor Hodor Hodor hodor Hodor
Hodor Hodor hodor hodor hodor. Hodor.
hodor hodor Hodor Hodor Hodor! hodor
hodor? hodor. Hodor hodor. hodor Hodor
Hodor! Hodor hodor Hodor Hodor hodor
Hodor. Hodor! Hodor Hodor hodor Hodor.
Hodor HODOR! Hodor Hodor Hodor Hodor
Hodor Hodor hodor hodor Hodor hodor
Hodor hodor? hodor hodor hodor. Hodor.
Hodor Hodor hodor? hodor Hodor Hodor
hodor. HODOR! Hodor Hodor! HODOR!
hodor. Hodor hodor Hodor Hodor Hodor
Hodor! Hodor hodor Hodor hodor HODOR!
Hodor hodor. hodor hodor Hodor Hodor
hodor hodor Hodor hodor? HODOR! Hodor
Hodor hodor. hodor. Hodor! Hodor. Hodor
HODOR! Hodor hodor? Hodor hodor hodor.
Hodor hodor hodor hodor? Hodor hodor
hodor hodor hodor? Hodor Hodor Hodor
Hodor. Hodor hodor hodor Hodor Hodor.
hodor Hodor Hodor Hodor HODOR! Hodor
HODOR! HODOR! Hodor! Hodor. hodor

hodor. hodor hodor Hodor Hodor Hodor
hodor hodor? hodor Hodor hodor Hodor
hodor hodor Hodor Hodor. hodor? hodor
Hodor. hodor Hodor! Hodor! hodor hodor.
Hodor. HODOR! Hodor Hodor hodor Hodor
hodor Hodor Hodor Hodor hodor. hodor
Hodor Hodor. Hodor Hodor hodor? hodor?
hodor? hodor Hodor hodor. hodor hodor
Hodor hodor hodor hodor? Hodor hodor
Hodor Hodor Hodor hodor Hodor Hodor
Hodor hodor hodor hodor. Hodor hodor.
Hodor. hodor Hodor Hodor hodor hodor
hodor hodor Hodor HODOR! Hodor
HODOR! HODOR! Hodor Hodor Hodor
hodor Hodor hodor hodor Hodor! Hodor
hodor Hodor hodor. Hodor Hodor hodor
hodor hodor Hodor hodor hodor. Hodor!
Hodor hodor. hodor hodor? Hodor hodor?
Hodor! hodor Hodor HODOR! hodor Hodor
hodor? Hodor! hodor hodor? Hodor Hodor
Hodor Hodor HODOR! hodor hodor Hodor
Hodor hodor Hodor hodor HODOR! Hodor
Hodor Hodor Hodor hodor Hodor hodor
hodor. Hodor. hodor. Hodor Hodor hodor
Hodor hodor hodor Hodor hodor. HODOR!
hodor. hodor Hodor Hodor! hodor HODOR!
hodor hodor HODOR! hodor? hodor? hodor
hodor hodor. hodor hodor HODOR! hodor?
Hodor Hodor hodor Hodor Hodor hodor
Hodor hodor? Hodor hodor Hodor Hodor
Hodor Hodor Hodor Hodor! Hodor. Hodor
Hodor hodor? Hodor Hodor Hodor. hodor
hodor? Hodor! hodor hodor. Hodor HODOR!

hodor Hodor Hodor HODOR! Hodor Hodor
Hodor Hodor hodor Hodor! hodor hodor
hodor Hodor hodor hodor Hodor Hodor
hodor hodor? Hodor Hodor hodor hodor
Hodor Hodor Hodor Hodor HODOR! Hodor
hodor Hodor Hodor! Hodor hodor Hodor
hodor Hodor. Hodor Hodor hodor hodor
hodor. Hodor. Hodor Hodor Hodor Hodor
hodor. Hodor Hodor. hodor Hodor Hodor
Hodor. hodor. hodor Hodor hodor Hodor
Hodor. hodor Hodor Hodor! Hodor hodor.
hodor Hodor HODOR! hodor? Hodor hodor
hodor? Hodor. hodor hodor? hodor hodor
Hodor! Hodor Hodor hodor hodor hodor
hodor HODOR! hodor hodor Hodor. Hodor!
hodor. HODOR! Hodor Hodor Hodor Hodor
hodor? hodor Hodor Hodor hodor hodor
Hodor. Hodor Hodor Hodor Hodor Hodor
Hodor Hodor Hodor! hodor hodor? Hodor
hodor. hodor Hodor Hodor hodor. Hodor
Hodor hodor. HODOR! hodor Hodor Hodor.
Hodor Hodor Hodor! hodor? Hodor Hodor
hodor Hodor hodor. Hodor hodor? Hodor
Hodor hodor hodor hodor. hodor hodor.
Hodor Hodor Hodor Hodor! Hodor hodor
HODOR! Hodor Hodor Hodor hodor Hodor
Hodor hodor Hodor. Hodor Hodor Hodor
Hodor Hodor. hodor. Hodor hodor Hodor!
hodor hodor? Hodor. Hodor Hodor Hodor
Hodor! Hodor hodor hodor Hodor Hodor
hodor. HODOR! Hodor Hodor hodor hodor
hodor Hodor Hodor HODOR! Hodor Hodor
Hodor Hodor hodor. Hodor! Hodor Hodor!

hodor HODOR! hodor? Hodor Hodor hodor
Hodor. Hodor hodor? Hodor Hodor Hodor
Hodor Hodor hodor HODOR! Hodor Hodor
hodor hodor? Hodor hodor Hodor hodor
hodor Hodor hodor hodor? Hodor. hodor
Hodor Hodor hodor Hodor Hodor Hodor
Hodor Hodor hodor hodor. hodor hodor
Hodor Hodor! Hodor! hodor Hodor hodor.
hodor Hodor hodor Hodor Hodor Hodor
Hodor hodor hodor? hodor? Hodor Hodor
Hodor! hodor Hodor Hodor hodor Hodor!
Hodor hodor. Hodor hodor Hodor hodor
Hodor Hodor hodor Hodor Hodor hodor.
hodor? hodor hodor. Hodor Hodor Hodor.
Hodor Hodor. hodor hodor? hodor Hodor!
Hodor HODOR! hodor Hodor Hodor! hodor
hodor? Hodor. hodor Hodor hodor. Hodor
Hodor Hodor hodor Hodor Hodor! hodor?
Hodor hodor hodor Hodor! Hodor Hodor
HODOR! hodor hodor hodor Hodor Hodor!
Hodor! Hodor Hodor Hodor! hodor Hodor!
hodor hodor hodor. hodor Hodor Hodor
Hodor! HODOR! Hodor. Hodor! Hodor!
hodor. Hodor. Hodor! Hodor hodor Hodor.
hodor Hodor! Hodor Hodor Hodor Hodor
hodor Hodor hodor Hodor Hodor Hodor
hodor Hodor Hodor Hodor Hodor hodor
hodor? Hodor Hodor hodor Hodor Hodor
Hodor hodor hodor hodor Hodor Hodor!
Hodor Hodor hodor? Hodor Hodor Hodor
Hodor hodor? hodor hodor Hodor Hodor
hodor. Hodor hodor? Hodor hodor? HODOR!
HODOR! Hodor Hodor! Hodor. Hodor Hodor

Hodor Hodor! Hodor! Hodor! Hodor hodor.
hodor hodor Hodor hodor hodor Hodor.
Hodor! Hodor Hodor! Hodor hodor Hodor.
HODOR! HODOR! Hodor hodor HODOR!
Hodor! Hodor Hodor Hodor Hodor HODOR!
Hodor hodor Hodor hodor Hodor Hodor
Hodor hodor? hodor? hodor? hodor Hodor
Hodor Hodor Hodor Hodor Hodor hodor
Hodor HODOR! Hodor Hodor hodor. Hodor
Hodor. hodor hodor Hodor HODOR! Hodor
hodor HODOR! Hodor Hodor Hodor! hodor
Hodor hodor? Hodor. hodor hodor Hodor
hodor hodor hodor? hodor hodor Hodor
hodor. Hodor hodor? Hodor hodor. Hodor
Hodor hodor. hodor? Hodor HODOR! Hodor
Hodor hodor hodor hodor. hodor? hodor
Hodor hodor hodor. Hodor hodor Hodor
hodor HODOR! Hodor hodor Hodor Hodor
Hodor hodor Hodor Hodor hodor hodor.
hodor hodor? hodor. Hodor hodor? Hodor
Hodor Hodor Hodor hodor. HODOR! Hodor
Hodor Hodor! Hodor Hodor hodor. Hodor
Hodor hodor HODOR! Hodor Hodor Hodor!
HODOR! HODOR! hodor? Hodor. Hodor
Hodor Hodor Hodor Hodor Hodor hodor
Hodor Hodor Hodor Hodor Hodor Hodor
hodor? Hodor Hodor Hodor Hodor Hodor.
Hodor. hodor? HODOR! Hodor! hodor Hodor
hodor Hodor Hodor hodor HODOR! Hodor
Hodor Hodor Hodor. Hodor hodor. Hodor
hodor hodor Hodor Hodor Hodor Hodor
hodor Hodor Hodor HODOR! Hodor. Hodor
Hodor hodor HODOR! hodor Hodor Hodor.

hodor? Hodor Hodor Hodor Hodor Hodor
hodor Hodor. Hodor hodor Hodor Hodor
hodor hodor hodor hodor. Hodor hodor. –
Hodor Hodor Hodor HODOR! Hodor. Hodor
hodor Hodor hodor? Hodor hodor. Hodor
hodor Hodor Hodor hodor Hodor Hodor
hodor? hodor hodor hodor hodor? Hodor!
Hodor Hodor Hodor Hodor hodor. Hodor
HODOR! hodor hodor. hodor Hodor hodor
Hodor hodor hodor? Hodor Hodor Hodor
hodor Hodor Hodor Hodor! Hodor Hodor!
Hodor Hodor! Hodor hodor Hodor hodor
Hodor hodor Hodor! Hodor Hodor hodor
Hodor hodor hodor hodor hodor? Hodor
Hodor. Hodor Hodor Hodor. Hodor Hodor!
Hodor Hodor hodor hodor Hodor. Hodor
hodor. Hodor! Hodor Hodor hodor HODOR!
Hodor Hodor Hodor hodor? HODOR!
HODOR! Hodor Hodor Hodor Hodor Hodor
hodor hodor? hodor HODOR! Hodor. hodor
hodor? hodor HODOR! hodor Hodor Hodor
HODOR! Hodor. hodor Hodor Hodor Hodor.
Hodor Hodor Hodor hodor hodor hodor
hodor hodor Hodor Hodor. Hodor hodor
Hodor Hodor hodor Hodor Hodor! Hodor
Hodor. Hodor! Hodor Hodor hodor. hodor
HODOR! Hodor hodor? Hodor Hodor. Hodor
hodor Hodor hodor Hodor! Hodor Hodor.
Hodor. hodor Hodor hodor HODOR! Hodor!
hodor. hodor? hodor Hodor Hodor Hodor.
Hodor hodor Hodor! hodor? Hodor! hodor?
hodor Hodor hodor hodor hodor Hodor
HODOR! Hodor Hodor Hodor. Hodor hodor

Hodor! Hodor Hodor hodor Hodor Hodor
hodor. Hodor Hodor hodor Hodor Hodor
hodor hodor Hodor Hodor Hodor Hodor
Hodor! hodor Hodor hodor. hodor hodor
Hodor Hodor Hodor! hodor Hodor Hodor!
Hodor. Hodor hodor? Hodor hodor hodor
Hodor Hodor. Hodor Hodor hodor? Hodor
Hodor. Hodor. Hodor Hodor Hodor – Hodor
Hodor Hodor Hodor hodor hodor hodor
Hodor Hodor Hodor Hodor hodor Hodor
hodor. hodor Hodor! hodor Hodor hodor.
hodor Hodor hodor? Hodor. HODOR! Hodor
Hodor HODOR! Hodor hodor? Hodor hodor
Hodor Hodor hodor Hodor hodor Hodor
hodor hodor hodor Hodor Hodor. Hodor
HODOR! hodor Hodor. Hodor Hodor Hodor
Hodor. hodor? Hodor Hodor. Hodor Hodor
HODOR! Hodor HODOR! hodor? Hodor.
Hodor Hodor Hodor hodor? hodor hodor
hodor.

Translation/Addendum:

Some days were not good. They were cruel.
So cruel. Days were so hard as he struggled to
take Bran and his friends to the place they
needed to be to find the wolves.

To the cave of the three-eyed raven.

Captured by the mutineers! However, he
wasn't the only one taken by them; his

companions were as well. Since they were just children, they were taken within the keep, while Hodor was chained outside.

A pain he had never experienced was descended upon him till he was black and blue. The cold air did nothing to soothe the wounds.

Hodor had never been a man of violence, for he was just a stable boy at heart who was ordered to care for Bran. The tears and groans that escaped him were proof of that. He was gentle til the end, but this earned him nothing more than hatred and scorn.

One of his captors went as far as to stab his leg with a spear while he was scolded for remaining passive.

"If I was big as you, I'd be the king of the world."

CHAPTER SIX

Hodor Hodor Hodor Hodor Hodor hodor
Hodor HODOR! Hodor Hodor hodor. Hodor
Hodor. hodor hodor Hodor HODOR! Hodor
hodor HODOR! Hodor Hodor Hodor! hodor
Hodor hodor? Hodor. hodor hodor Hodor
hodor hodor hodor? hodor hodor Hodor
hodor. Hodor hodor? Hodor hodor. Hodor
Hodor hodor. hodor? Hodor HODOR! Hodor
Hodor hodor hodor hodor. hodor? hodor
Hodor hodor hodor. Hodor hodor Hodor
hodor HODOR! Hodor hodor Hodor Hodor
Hodor hodor Hodor Hodor hodor hodor.
hodor hodor? hodor. Hodor hodor? Hodor
Hodor Hodor Hodor hodor. HODOR! Hodor
Hodor Hodor! Hodor Hodor hodor. Hodor
Hodor hodor HODOR! Hodor Hodor Hodor!
HODOR! HODOR! hodor? Hodor. Hodor
Hodor Hodor Hodor Hodor Hodor hodor
Hodor Hodor Hodor Hodor Hodor Hodor
hodor? Hodor Hodor Hodor Hodor Hodor.
Hodor. hodor? HODOR! Hodor! hodor Hodor
hodor Hodor Hodor hodor HODOR! Hodor
Hodor Hodor Hodor. Hodor hodor. Hodor
hodor hodor Hodor Hodor Hodor Hodor
hodor Hodor Hodor HODOR! Hodor. Hodor
Hodor hodor HODOR! hodor Hodor Hodor.
hodor? Hodor Hodor Hodor Hodor Hodor
hodor Hodor. Hodor hodor Hodor Hodor
hodor hodor hodor hodor. Hodor hodor. –
Hodor Hodor Hodor HODOR! Hodor. Hodor
hodor Hodor hodor? Hodor hodor. Hodor

hodor Hodor Hodor hodor Hodor Hodor
hodor? hodor hodor hodor hodor? Hodor!
Hodor Hodor Hodor Hodor hodor. Hodor
HODOR! hodor hodor. hodor Hodor hodor
Hodor hodor hodor? Hodor Hodor Hodor
hodor Hodor Hodor Hodor! Hodor Hodor!
Hodor Hodor! Hodor hodor Hodor hodor
Hodor hodor Hodor! Hodor Hodor hodor
Hodor hodor hodor hodor hodor? Hodor
Hodor. Hodor Hodor Hodor. Hodor Hodor!
Hodor Hodor hodor hodor Hodor. Hodor
hodor. Hodor! Hodor Hodor hodor HODOR!
Hodor Hodor Hodor hodor? HODOR!
HODOR! Hodor Hodor Hodor Hodor Hodor
hodor hodor? hodor HODOR! Hodor. hodor
hodor? hodor HODOR! hodor Hodor Hodor
HODOR! Hodor. hodor Hodor Hodor Hodor.
Hodor Hodor Hodor hodor hodor hodor
hodor hodor Hodor Hodor. Hodor hodor
Hodor Hodor hodor Hodor Hodor! Hodor
Hodor. Hodor! Hodor Hodor hodor. hodor
HODOR! Hodor hodor? Hodor Hodor. Hodor
hodor Hodor hodor Hodor! Hodor Hodor.
Hodor. hodor Hodor hodor HODOR! Hodor!
hodor. hodor? hodor Hodor Hodor Hodor.
Hodor hodor Hodor! hodor? Hodor! hodor?
hodor Hodor hodor hodor hodor Hodor
HODOR! Hodor Hodor Hodor. Hodor hodor
Hodor! Hodor Hodor hodor Hodor Hodor
hodor. Hodor Hodor hodor Hodor Hodor
hodor hodor Hodor Hodor Hodor Hodor
Hodor! hodor Hodor hodor. hodor hodor
Hodor Hodor Hodor! hodor Hodor Hodor!

Hodor. Hodor hodor? Hodor hodor hodor
Hodor Hodor. Hodor Hodor hodor? Hodor
Hodor. Hodor. Hodor Hodor Hodor Hodor
Hodor Hodor Hodor hodor hodor hodor
Hodor Hodor Hodor Hodor hodor Hodor
hodor. hodor Hodor! hodor Hodor hodor.
hodor Hodor hodor? Hodor. HODOR! Hodor
Hodor HODOR! Hodor hodor? Hodor hodor
Hodor Hodor hodor Hodor hodor Hodor
hodor hodor hodor Hodor Hodor. Hodor
HODOR! hodor Hodor. Hodor Hodor Hodor
Hodor. hodor? Hodor Hodor. Hodor Hodor
HODOR! Hodor HODOR! hodor? Hodor.
Hodor Hodor Hodor hodor? hodor hodor
hodor.

Hodor Hodor hodor hodor? hodor? Hodor.
Hodor hodor Hodor. Hodor Hodor. Hodor
Hodor Hodor Hodor Hodor hodor Hodor!
Hodor Hodor Hodor Hodor Hodor hodor
hodor? hodor. hodor. hodor hodor Hodor
Hodor HODOR! hodor hodor hodor?
HODOR! Hodor hodor? Hodor Hodor hodor
hodor Hodor Hodor hodor hodor Hodor
Hodor! Hodor hodor hodor? hodor hodor.
Hodor hodor? Hodor hodor. hodor? Hodor.
hodor. Hodor Hodor! Hodor Hodor Hodor.
hodor hodor Hodor hodor. hodor? Hodor.
Hodor Hodor. hodor Hodor! Hodor Hodor
Hodor Hodor Hodor Hodor Hodor hodor
Hodor Hodor hodor Hodor Hodor Hodor
hodor hodor hodor. Hodor. hodor hodor
Hodor Hodor Hodor! hodor hodor? hodor.

Hodor hodor. hodor Hodor Hodor! Hodor
hodor Hodor Hodor hodor Hodor. Hodor!
Hodor Hodor hodor Hodor. Hodor HODOR!
Hodor Hodor Hodor Hodor Hodor Hodor
hodor hodor Hodor hodor Hodor hodor?
hodor hodor hodor. Hodor. Hodor Hodor
hodor? hodor Hodor Hodor hodor. HODOR!
Hodor Hodor! HODOR! hodor. Hodor hodor
Hodor Hodor Hodor Hodor! Hodor hodor
Hodor hodor HODOR! Hodor hodor. hodor
hodor Hodor Hodor hodor hodor Hodor
hodor? HODOR! Hodor Hodor hodor. hodor.
Hodor! Hodor. Hodor HODOR! Hodor
hodor? Hodor hodor hodor. Hodor hodor
hodor hodor? Hodor hodor hodor hodor
hodor? Hodor Hodor Hodor Hodor. Hodor
hodor hodor Hodor Hodor. hodor Hodor
Hodor Hodor HODOR! Hodor HODOR!
HODOR! Hodor! Hodor. hodor hodor. hodor
hodor Hodor Hodor Hodor hodor hodor?
hodor Hodor hodor Hodor hodor hodor
Hodor Hodor. hodor? hodor Hodor. hodor
Hodor! Hodor! hodor hodor. Hodor.
HODOR! Hodor Hodor hodor Hodor hodor
Hodor Hodor Hodor hodor. hodor Hodor
Hodor. Hodor Hodor hodor? hodor? hodor?
hodor Hodor hodor. hodor hodor Hodor
hodor hodor hodor? Hodor hodor Hodor
Hodor Hodor hodor Hodor Hodor Hodor
hodor hodor hodor. Hodor hodor. Hodor.
hodor Hodor Hodor hodor hodor hodor
hodor Hodor HODOR! Hodor HODOR!
HODOR! Hodor Hodor Hodor hodor Hodor

71

hodor hodor Hodor! Hodor hodor Hodor
hodor. Hodor Hodor hodor hodor hodor
Hodor hodor hodor. Hodor! Hodor hodor.
hodor hodor? Hodor hodor? Hodor! hodor
Hodor HODOR! hodor Hodor hodor? Hodor!
hodor hodor? Hodor Hodor Hodor Hodor
HODOR! hodor hodor Hodor Hodor hodor
Hodor hodor HODOR! Hodor Hodor Hodor
Hodor hodor Hodor hodor hodor. Hodor.
hodor. Hodor Hodor hodor Hodor hodor
hodor Hodor hodor. HODOR! hodor. hodor
Hodor Hodor! hodor HODOR! hodor hodor
HODOR! hodor? hodor? hodor hodor hodor.
hodor hodor HODOR! hodor? Hodor Hodor
hodor Hodor Hodor hodor Hodor hodor?
Hodor hodor Hodor Hodor Hodor Hodor
Hodor Hodor! Hodor. Hodor Hodor hodor?
Hodor Hodor Hodor. hodor hodor? Hodor!
hodor hodor. Hodor HODOR! hodor Hodor
Hodor HODOR! Hodor Hodor Hodor Hodor
hodor Hodor! hodor hodor hodor Hodor
hodor hodor Hodor Hodor hodor hodor?
Hodor Hodor hodor hodor Hodor Hodor
Hodor Hodor HODOR! Hodor hodor Hodor
Hodor! Hodor hodor Hodor hodor Hodor.
Hodor Hodor hodor hodor hodor. Hodor.
Hodor Hodor Hodor Hodor hodor. Hodor
Hodor. hodor Hodor Hodor Hodor. hodor.
hodor Hodor hodor Hodor Hodor. hodor
Hodor Hodor! Hodor hodor. hodor Hodor
HODOR! hodor? Hodor hodor hodor? Hodor.
hodor hodor? hodor hodor Hodor! Hodor
Hodor hodor hodor hodor hodor HODOR!

hodor hodor Hodor. Hodor! hodor. HODOR!
Hodor Hodor Hodor Hodor hodor? hodor
Hodor Hodor hodor hodor Hodor. Hodor
Hodor Hodor Hodor Hodor Hodor Hodor
Hodor! hodor hodor? Hodor hodor. hodor
Hodor Hodor hodor. Hodor Hodor hodor.
HODOR! hodor Hodor Hodor. Hodor Hodor
Hodor! hodor? Hodor Hodor hodor Hodor
hodor. Hodor hodor? Hodor Hodor hodor
hodor hodor. hodor hodor. Hodor Hodor
Hodor Hodor! Hodor hodor HODOR! Hodor
Hodor Hodor hodor Hodor Hodor hodor
Hodor. Hodor Hodor Hodor Hodor Hodor.
hodor. Hodor hodor Hodor! hodor hodor?
Hodor. Hodor Hodor Hodor Hodor! Hodor
hodor hodor Hodor Hodor hodor. HODOR!
Hodor Hodor hodor hodor hodor Hodor
Hodor HODOR! Hodor Hodor Hodor Hodor
hodor. Hodor! Hodor Hodor! hodor HODOR!
hodor? Hodor Hodor hodor Hodor. Hodor
hodor? Hodor Hodor Hodor Hodor Hodor
hodor HODOR! Hodor Hodor hodor hodor?
Hodor hodor Hodor hodor hodor Hodor
hodor hodor? Hodor. hodor Hodor Hodor
hodor Hodor Hodor Hodor Hodor Hodor
hodor hodor. hodor hodor Hodor Hodor!
Hodor! hodor Hodor hodor. hodor Hodor
hodor Hodor Hodor Hodor Hodor hodor
hodor? hodor? Hodor Hodor Hodor! hodor
Hodor Hodor hodor Hodor! Hodor hodor.
Hodor hodor Hodor hodor Hodor Hodor
hodor Hodor Hodor hodor. hodor? hodor
hodor. Hodor Hodor Hodor. Hodor Hodor.

hodor hodor? hodor Hodor! Hodor HODOR!
hodor Hodor Hodor! hodor hodor? Hodor.
hodor Hodor hodor. Hodor Hodor Hodor
hodor Hodor Hodor! hodor? Hodor hodor
hodor Hodor! Hodor Hodor HODOR! hodor
hodor hodor Hodor Hodor! Hodor! Hodor
Hodor Hodor! hodor Hodor! hodor hodor
hodor. hodor Hodor Hodor Hodor! HODOR!
Hodor. Hodor! Hodor! hodor. Hodor. Hodor!
Hodor hodor Hodor. hodor Hodor! Hodor
Hodor Hodor Hodor hodor Hodor hodor
Hodor Hodor Hodor hodor Hodor Hodor
Hodor Hodor hodor hodor? Hodor Hodor
hodor Hodor Hodor Hodor hodor hodor
hodor Hodor Hodor! Hodor Hodor hodor?
Hodor Hodor Hodor Hodor hodor? hodor
hodor Hodor Hodor hodor. Hodor hodor?
Hodor hodor? HODOR! HODOR! Hodor
Hodor! Hodor. Hodor Hodor Hodor Hodor!
Hodor! Hodor! Hodor hodor. hodor hodor
Hodor hodor hodor Hodor. Hodor! Hodor
Hodor! Hodor hodor Hodor. HODOR!
HODOR! Hodor hodor HODOR! Hodor!
Hodor Hodor Hodor Hodor HODOR! Hodor
hodor Hodor hodor Hodor Hodor Hodor
hodor? hodor? hodor? hodor Hodor Hodor
Hodor Hodor Hodor Hodor hodor Hodor
HODOR! Hodor Hodor hodor. Hodor Hodor.
hodor hodor Hodor HODOR! Hodor hodor
HODOR! Hodor Hodor Hodor! hodor Hodor
hodor? Hodor. hodor hodor Hodor hodor
hodor hodor? hodor hodor Hodor hodor.
Hodor hodor? Hodor hodor. Hodor Hodor

hodor. hodor? Hodor HODOR! Hodor Hodor
hodor hodor hodor. hodor? hodor Hodor
hodor hodor. Hodor hodor Hodor hodor
HODOR! Hodor hodor Hodor Hodor Hodor
hodor Hodor Hodor hodor hodor. hodor
hodor? hodor. Hodor hodor? Hodor Hodor
Hodor Hodor hodor. HODOR! Hodor Hodor
Hodor! Hodor Hodor hodor. Hodor Hodor
hodor HODOR! Hodor Hodor Hodor!
HODOR! HODOR! hodor? Hodor. Hodor
Hodor Hodor Hodor Hodor Hodor hodor
Hodor Hodor Hodor Hodor Hodor Hodor
hodor? Hodor Hodor Hodor Hodor Hodor.
Hodor. hodor? HODOR! Hodor! hodor Hodor
hodor Hodor Hodor hodor HODOR! Hodor
Hodor Hodor Hodor. Hodor hodor. Hodor
hodor hodor Hodor Hodor Hodor Hodor
hodor Hodor Hodor HODOR! Hodor. Hodor
Hodor hodor HODOR! hodor Hodor Hodor.
hodor? Hodor Hodor Hodor Hodor Hodor
hodor Hodor. Hodor hodor Hodor Hodor
hodor hodor hodor hodor. Hodor hodor. –
Hodor Hodor Hodor HODOR! Hodor. Hodor
hodor Hodor hodor? Hodor hodor. Hodor
hodor Hodor Hodor hodor Hodor Hodor
hodor? hodor hodor hodor hodor? Hodor!
Hodor Hodor Hodor Hodor hodor. Hodor
HODOR! hodor hodor. hodor Hodor hodor
Hodor hodor hodor? Hodor Hodor Hodor
hodor Hodor Hodor Hodor! Hodor Hodor!
Hodor Hodor! Hodor hodor Hodor hodor
Hodor hodor Hodor! Hodor Hodor hodor
Hodor hodor hodor hodor hodor? Hodor

Hodor. Hodor Hodor Hodor. Hodor Hodor!
Hodor Hodor hodor hodor Hodor. Hodor
hodor. Hodor! Hodor Hodor hodor HODOR!
Hodor Hodor Hodor hodor? HODOR!
HODOR! Hodor Hodor Hodor Hodor Hodor
hodor hodor? hodor HODOR! Hodor. hodor
hodor? hodor HODOR! hodor Hodor Hodor
HODOR! Hodor. hodor Hodor Hodor Hodor.
Hodor Hodor Hodor hodor hodor hodor
hodor hodor Hodor Hodor. Hodor hodor
Hodor Hodor hodor Hodor Hodor! Hodor
Hodor. Hodor! Hodor Hodor hodor. hodor
HODOR! Hodor hodor? Hodor Hodor. Hodor
hodor Hodor hodor Hodor! Hodor Hodor.
Hodor. hodor Hodor hodor HODOR! Hodor!
hodor. hodor? hodor Hodor Hodor Hodor.
Hodor hodor Hodor! hodor? Hodor! hodor?
hodor Hodor hodor hodor hodor Hodor
HODOR! Hodor Hodor Hodor. Hodor hodor
Hodor! Hodor Hodor hodor Hodor Hodor
hodor. Hodor Hodor hodor Hodor Hodor
hodor hodor Hodor Hodor Hodor Hodor
Hodor! hodor Hodor hodor. hodor hodor
Hodor Hodor Hodor! hodor Hodor Hodor!
Hodor. Hodor hodor? Hodor hodor hodor
Hodor Hodor. Hodor Hodor hodor? Hodor
Hodor. Hodor. Hodor Hodor Hodor – Hodor
Hodor Hodor Hodor hodor hodor hodor
Hodor Hodor Hodor Hodor hodor Hodor
hodor. hodor Hodor! hodor Hodor hodor.
Hodor Hodor hodor hodor? hodor? Hodor.
Hodor hodor Hodor. Hodor Hodor. Hodor
Hodor Hodor Hodor Hodor hodor Hodor!

Hodor Hodor Hodor Hodor Hodor hodor
hodor? hodor. hodor. hodor hodor Hodor
Hodor HODOR! hodor hodor hodor?
HODOR! Hodor hodor? Hodor Hodor hodor
hodor Hodor Hodor hodor hodor Hodor
Hodor! Hodor hodor hodor? hodor hodor.
Hodor hodor? Hodor hodor. hodor? Hodor.
hodor. Hodor Hodor! Hodor Hodor Hodor.
hodor hodor Hodor hodor. hodor? Hodor.
Hodor Hodor. hodor Hodor! Hodor Hodor
Hodor Hodor Hodor Hodor Hodor hodor
Hodor Hodor hodor Hodor Hodor Hodor
hodor hodor hodor. Hodor. hodor hodor
Hodor Hodor Hodor! hodor hodor? hodor.
Hodor hodor. hodor Hodor Hodor! Hodor
hodor Hodor Hodor hodor Hodor. Hodor!
Hodor Hodor hodor Hodor. Hodor HODOR!
Hodor Hodor Hodor Hodor Hodor Hodor
hodor hodor Hodor hodor Hodor hodor?
hodor hodor hodor. Hodor. Hodor Hodor
hodor? hodor Hodor Hodor hodor. HODOR!
Hodor Hodor! HODOR! hodor. Hodor hodor
Hodor Hodor Hodor Hodor! Hodor hodor
Hodor hodor HODOR! Hodor hodor. hodor
hodor Hodor Hodor hodor hodor Hodor
hodor? HODOR! Hodor Hodor hodor. hodor.
Hodor! Hodor. Hodor HODOR! Hodor
hodor? Hodor hodor hodor. Hodor hodor
hodor hodor? Hodor hodor hodor hodor
hodor? Hodor Hodor Hodor Hodor. Hodor
hodor hodor Hodor Hodor. hodor Hodor
Hodor Hodor HODOR! Hodor HODOR!
HODOR! Hodor! Hodor. hodor hodor. hodor

hodor Hodor Hodor Hodor hodor hodor?
hodor Hodor hodor Hodor hodor hodor
Hodor Hodor. hodor? hodor Hodor. hodor
Hodor! Hodor! hodor hodor. Hodor.
HODOR! Hodor Hodor hodor Hodor hodor
Hodor Hodor Hodor hodor. hodor Hodor
Hodor. Hodor Hodor hodor? hodor? hodor?
hodor Hodor hodor. hodor hodor Hodor
hodor hodor hodor? Hodor hodor Hodor
Hodor Hodor hodor Hodor Hodor Hodor
hodor hodor hodor. Hodor hodor. Hodor.
hodor Hodor Hodor hodor hodor hodor
hodor Hodor HODOR! Hodor HODOR!
HODOR! Hodor Hodor Hodor hodor Hodor
hodor hodor Hodor! Hodor hodor Hodor
hodor. Hodor Hodor hodor hodor hodor
Hodor hodor hodor. Hodor! Hodor hodor.
hodor hodor? Hodor hodor? Hodor! hodor
Hodor HODOR! hodor Hodor hodor? Hodor!
hodor hodor? Hodor Hodor Hodor Hodor
HODOR! hodor hodor Hodor Hodor hodor
Hodor hodor HODOR! Hodor Hodor Hodor
Hodor hodor Hodor hodor hodor. Hodor.
hodor. Hodor Hodor hodor Hodor hodor
hodor Hodor hodor. HODOR! hodor. hodor
Hodor Hodor! hodor HODOR! hodor hodor
HODOR! hodor? hodor? hodor hodor hodor.
hodor hodor HODOR! hodor? Hodor Hodor
hodor Hodor Hodor hodor Hodor hodor?
Hodor hodor Hodor Hodor Hodor Hodor
Hodor Hodor! Hodor. Hodor Hodor hodor?
Hodor Hodor Hodor. hodor hodor? Hodor!
hodor hodor. Hodor HODOR! hodor Hodor

Hodor HODOR! Hodor Hodor Hodor Hodor
hodor Hodor! hodor hodor hodor Hodor
hodor hodor Hodor Hodor hodor hodor?
Hodor Hodor hodor hodor Hodor Hodor
Hodor Hodor HODOR! Hodor hodor Hodor
Hodor! Hodor hodor Hodor hodor Hodor.
Hodor Hodor hodor hodor hodor. Hodor.
Hodor Hodor Hodor Hodor hodor. Hodor
Hodor. hodor Hodor Hodor Hodor. hodor.
hodor Hodor hodor Hodor Hodor. hodor
Hodor Hodor! Hodor hodor. hodor Hodor
HODOR! hodor? Hodor hodor hodor? Hodor.
hodor hodor? hodor hodor Hodor! Hodor
Hodor hodor hodor hodor hodor HODOR!
hodor hodor Hodor. Hodor! hodor. HODOR!
Hodor Hodor Hodor Hodor hodor? hodor
Hodor Hodor hodor hodor Hodor. Hodor
Hodor Hodor Hodor Hodor Hodor Hodor
Hodor! hodor hodor? Hodor hodor. hodor
Hodor Hodor hodor. Hodor Hodor hodor.
HODOR! hodor Hodor Hodor. Hodor Hodor
Hodor! hodor? Hodor Hodor hodor Hodor
hodor. Hodor hodor? Hodor Hodor hodor
hodor hodor. hodor hodor. Hodor Hodor
Hodor Hodor! Hodor hodor HODOR! Hodor
Hodor Hodor Hodor hodor Hodor Hodor hodor
Hodor. Hodor Hodor Hodor Hodor Hodor.
hodor. Hodor hodor Hodor! hodor hodor?
Hodor. Hodor Hodor Hodor Hodor! Hodor
hodor hodor Hodor Hodor hodor. HODOR!
Hodor Hodor hodor hodor hodor Hodor
Hodor HODOR! Hodor Hodor Hodor Hodor
hodor. Hodor! Hodor Hodor! hodor HODOR!

hodor? Hodor Hodor hodor Hodor. Hodor
hodor? Hodor Hodor Hodor Hodor Hodor
hodor HODOR! Hodor Hodor hodor hodor?
Hodor hodor Hodor hodor hodor Hodor
hodor hodor? Hodor. hodor Hodor Hodor
hodor Hodor Hodor Hodor Hodor Hodor
hodor hodor. hodor hodor Hodor Hodor!
Hodor! hodor Hodor hodor. hodor Hodor
hodor Hodor Hodor Hodor Hodor hodor
hodor? hodor? Hodor Hodor Hodor! hodor
Hodor Hodor hodor Hodor! Hodor hodor.
Hodor hodor Hodor hodor Hodor Hodor
hodor Hodor Hodor hodor. hodor? hodor
hodor. Hodor Hodor Hodor. Hodor Hodor.
hodor hodor? hodor Hodor! Hodor HODOR!
hodor Hodor Hodor! hodor hodor? Hodor.
hodor Hodor hodor. Hodor Hodor Hodor
hodor Hodor Hodor! hodor? Hodor hodor
hodor Hodor! Hodor Hodor HODOR! hodor
hodor hodor Hodor Hodor! Hodor! Hodor
Hodor Hodor! hodor Hodor! hodor hodor
hodor. hodor Hodor Hodor Hodor! HODOR!
Hodor. Hodor! Hodor! hodor. Hodor. Hodor!
Hodor hodor Hodor. hodor Hodor! Hodor
Hodor Hodor Hodor hodor Hodor hodor
Hodor Hodor Hodor hodor Hodor Hodor
Hodor Hodor hodor hodor? Hodor Hodor
hodor Hodor Hodor Hodor hodor hodor
hodor Hodor Hodor! Hodor Hodor hodor?
Hodor Hodor Hodor Hodor hodor? hodor
hodor Hodor Hodor hodor. Hodor hodor?
Hodor hodor? HODOR! HODOR! Hodor
Hodor! Hodor. Hodor Hodor Hodor Hodor!

Hodor! Hodor! Hodor hodor. hodor hodor
Hodor hodor hodor Hodor. Hodor! Hodor
Hodor! Hodor hodor Hodor. HODOR!
HODOR! Hodor hodor HODOR! Hodor!
Hodor Hodor Hodor Hodor HODOR! Hodor
hodor Hodor hodor Hodor Hodor Hodor
hodor? hodor? hodor? hodor Hodor Hodor
Hodor Hodor Hodor Hodor hodor Hodor
HODOR! Hodor Hodor hodor. Hodor Hodor.
hodor hodor Hodor HODOR! Hodor hodor
HODOR! Hodor Hodor Hodor! hodor Hodor
hodor? Hodor. hodor hodor Hodor hodor
hodor hodor? hodor hodor Hodor hodor.
Hodor hodor? Hodor hodor. Hodor Hodor
hodor. hodor? Hodor HODOR! Hodor Hodor
hodor hodor hodor. hodor? hodor Hodor
hodor hodor. Hodor hodor Hodor hodor
HODOR! Hodor hodor Hodor Hodor Hodor
hodor Hodor Hodor hodor hodor. hodor
hodor? hodor. Hodor hodor? Hodor Hodor
Hodor Hodor hodor. HODOR! Hodor Hodor
Hodor! Hodor Hodor hodor. Hodor Hodor
hodor HODOR! Hodor Hodor Hodor!
HODOR! HODOR! hodor? Hodor. Hodor
Hodor Hodor Hodor Hodor Hodor hodor
Hodor Hodor Hodor Hodor Hodor Hodor
hodor? Hodor Hodor Hodor Hodor Hodor.
Hodor. hodor? HODOR! Hodor! hodor Hodor
hodor Hodor Hodor hodor HODOR! Hodor
Hodor Hodor Hodor. Hodor hodor. Hodor
hodor hodor Hodor Hodor Hodor Hodor
hodor Hodor Hodor HODOR! Hodor. Hodor
Hodor hodor HODOR! hodor Hodor Hodor.

hodor? Hodor Hodor Hodor Hodor Hodor
hodor Hodor. Hodor hodor Hodor Hodor
hodor hodor hodor hodor. Hodor hodor. –
Hodor Hodor Hodor HODOR! Hodor. Hodor
hodor Hodor hodor? Hodor hodor. Hodor
hodor Hodor Hodor hodor Hodor Hodor
hodor? hodor hodor hodor hodor? Hodor!
Hodor Hodor Hodor Hodor hodor. Hodor
HODOR! hodor hodor. hodor Hodor hodor
Hodor hodor hodor? Hodor Hodor Hodor
hodor Hodor Hodor Hodor! Hodor Hodor!
Hodor Hodor! Hodor hodor Hodor hodor
Hodor hodor Hodor! Hodor Hodor hodor
Hodor hodor hodor hodor hodor? Hodor
Hodor. Hodor Hodor Hodor. Hodor Hodor!
Hodor Hodor hodor hodor Hodor. Hodor
hodor. Hodor! Hodor Hodor hodor HODOR!
Hodor Hodor Hodor hodor? HODOR!
HODOR! Hodor Hodor Hodor Hodor Hodor
hodor hodor? hodor HODOR! Hodor. hodor
hodor? hodor HODOR! hodor Hodor Hodor
HODOR! Hodor. hodor Hodor Hodor Hodor.
Hodor Hodor Hodor hodor hodor hodor
hodor hodor Hodor Hodor. Hodor hodor
Hodor Hodor hodor Hodor Hodor! Hodor
Hodor. Hodor! Hodor Hodor hodor. hodor
HODOR! Hodor hodor? Hodor Hodor. Hodor
hodor Hodor hodor Hodor! Hodor Hodor.
Hodor. hodor Hodor hodor HODOR! Hodor!
hodor. hodor? hodor Hodor Hodor Hodor.
Hodor hodor Hodor! hodor? Hodor! hodor?
hodor Hodor hodor hodor hodor Hodor
HODOR! Hodor Hodor Hodor. Hodor hodor

Hodor! Hodor Hodor hodor Hodor Hodor hodor. Hodor Hodor hodor Hodor Hodor hodor hodor Hodor Hodor Hodor Hodor Hodor! hodor Hodor hodor. hodor hodor Hodor Hodor Hodor! hodor Hodor Hodor! Hodor. Hodor hodor? Hodor hodor hodor Hodor Hodor. Hodor Hodor hodor? Hodor Hodor. Hodor. Hodor Hodor Hodor – Hodor Hodor Hodor Hodor hodor hodor hodor Hodor Hodor Hodor Hodor hodor Hodor hodor. hodor Hodor! hodor Hodor hodor.

Translation/Addendum:

When the wights and the White Walkers attacked the cave (as a result of Bran's warging), Hodor held the back exit of the cave to allow Bran and Meera time to escape.

During the assault, Bran wargs into Wylis, linking the minds of the present-day Hodor and the young stableboy from the past. This time-shifting mental trauma causes poor Wylis to suffer a seizure, and allows Hodor to witness his own death (during which he hears Meera shouting the phrase "Hold the door!"). Bran begins repeating the phrase, eventually slurring the sentence together until it becomes "Hodor".

Because of Bran's warging, young Wylis experiences his own future death. This damaged his mind, and explains his monotonous traumatized nature.

Hodor continues to hold the door to give Meera and the unconscious Bran time to escape. Poor Hodor is sacrificed as the wights tear him apart in their attempt to break out of the cave.

But Bran.

The two had melded together to become one. Hodor found himself confused and overwhelmed, as his body was controlled by Bran. His hands wrapped around the man that was after him, fingers clenched around the column of his neck as he lifted him from the ground. Hodor watched as the man struggled for life, his fate in Hodor's hand as he heard his neck snap.

That was enough to jerk his mind back into himself. He was Hodor, not Bran. The horror was bred into him and the disturbed feelings began to bloom. This felt familiar. A traumatic feeling like this was hard to forget, but the more he tried to remember, the more his head panged with pain.

Hold the door! Hold the door!

CHAPTER SEVEN

Hodor. hodor hodor Hodor Hodor Hodor.
Hodor Hodor Hodor hodor Hodor Hodor
HODOR! Hodor hodor Hodor hodor
HODOR! hodor hodor Hodor Hodor hodor
hodor? Hodor Hodor HODOR! Hodor Hodor
hodor hodor. Hodor Hodor hodor hodor
Hodor HODOR! hodor Hodor Hodor. Hodor
Hodor hodor Hodor Hodor! HODOR! Hodor
Hodor. Hodor! hodor Hodor Hodor! Hodor
Hodor Hodor Hodor hodor hodor. Hodor
Hodor Hodor Hodor! Hodor. hodor Hodor
hodor. Hodor! Hodor Hodor. Hodor. Hodor
hodor hodor. hodor. Hodor. HODOR! Hodor
hodor? Hodor hodor hodor? hodor Hodor
Hodor hodor Hodor HODOR! hodor Hodor
hodor. hodor hodor HODOR! Hodor Hodor
Hodor Hodor Hodor Hodor HODOR! Hodor
Hodor hodor Hodor hodor Hodor Hodor.
Hodor Hodor! Hodor! hodor? Hodor hodor
Hodor Hodor HODOR! hodor? Hodor hodor?
Hodor Hodor Hodor Hodor hodor Hodor
Hodor Hodor Hodor hodor? hodor Hodor
Hodor hodor. hodor? Hodor Hodor Hodor
Hodor hodor. hodor. Hodor hodor hodor
hodor Hodor Hodor. hodor hodor Hodor
Hodor hodor. hodor hodor?

Hodor Hodor. Hodor hodor? hodor Hodor
Hodor hodor Hodor hodor? Hodor Hodor
hodor hodor Hodor Hodor Hodor. Hodor
Hodor Hodor Hodor! HODOR! Hodor! hodor

Hodor HODOR! Hodor. hodor Hodor hodor
Hodor hodor Hodor Hodor Hodor! Hodor.
hodor hodor Hodor hodor? Hodor Hodor
Hodor Hodor Hodor Hodor! Hodor Hodor
Hodor hodor. Hodor Hodor Hodor hodor
hodor Hodor hodor Hodor hodor? Hodor.
Hodor hodor Hodor hodor. HODOR! hodor
Hodor! hodor hodor? hodor hodor. Hodor
Hodor Hodor! Hodor. hodor. hodor. Hodor
Hodor hodor hodor hodor Hodor hodor
Hodor Hodor Hodor hodor hodor. hodor
hodor? Hodor hodor. Hodor HODOR! hodor?
hodor Hodor Hodor Hodor hodor Hodor
Hodor hodor Hodor HODOR! Hodor hodor
Hodor hodor HODOR! Hodor Hodor Hodor
hodor Hodor Hodor! Hodor Hodor! hodor
hodor Hodor Hodor Hodor.

Hodor Hodor HODOR! Hodor. hodor Hodor
Hodor Hodor. Hodor Hodor Hodor hodor
hodor hodor hodor hodor Hodor Hodor.
Hodor hodor Hodor Hodor hodor Hodor
Hodor! Hodor Hodor. Hodor! Hodor Hodor
hodor. hodor HODOR! Hodor hodor? Hodor
Hodor. Hodor hodor Hodor hodor Hodor!
Hodor Hodor. Hodor. hodor Hodor hodor
HODOR! Hodor! hodor. hodor? hodor Hodor
Hodor Hodor. Hodor hodor Hodor! hodor?
Hodor! hodor? hodor Hodor hodor hodor
hodor Hodor HODOR! Hodor Hodor Hodor.
Hodor hodor Hodor! Hodor Hodor hodor
Hodor Hodor hodor. Hodor Hodor hodor
Hodor Hodor hodor hodor Hodor Hodor

Hodor Hodor Hodor! hodor Hodor hodor.
hodor hodor Hodor Hodor Hodor! hodor
Hodor Hodor! Hodor. Hodor hodor? Hodor
hodor hodor Hodor Hodor. Hodor Hodor
hodor? Hodor Hodor. Hodor. Hodor Hodor
Hodor Hodor Hodor Hodor Hodor hodor
hodor hodor Hodor Hodor Hodor Hodor
hodor Hodor hodor. hodor Hodor! hodor
Hodor hodor. hodor Hodor hodor? Hodor.
HODOR! Hodor Hodor HODOR! Hodor
hodor? Hodor hodor Hodor Hodor hodor
Hodor hodor Hodor hodor hodor hodor
Hodor Hodor. Hodor HODOR! hodor Hodor.
Hodor Hodor Hodor Hodor. hodor? Hodor
Hodor. Hodor Hodor HODOR! Hodor
HODOR! hodor? Hodor.
Hodor Hodor Hodor. Hodor hodor Hodor!
Hodor Hodor hodor Hodor Hodor hodor.
Hodor Hodor Hodor. hodor hodor? Hodor!
hodor hodor. Hodor Hodor hodor Hodor
hodor hodor hodor hodor? Hodor Hodor.
Hodor Hodor Hodor. Hodor Hodor! Hodor
Hodor hodor hodor Hodor. Hodor hodor.
Hodor! Hodor Hodor hodor HODOR! Hodor
Hodor Hodor hodor? HODOR! HODOR!
Hodor Hodor Hodor Hodor Hodor hodor
hodor? hodor HODOR! Hodor. hodor hodor?
hodor HODOR! hodor Hodor Hodor
HODOR! Hodor. hodor Hodor Hodor Hodor.
Hodor Hodor Hodor hodor hodor hodor
hodor hodor Hodor Hodor. Hodor hodor
Hodor Hodor hodor Hodor Hodor! Hodor
Hodor. Hodor! Hodor Hodor hodor. hodor

HODOR! Hodor hodor? Hodor Hodor. Hodor
hodor Hodor hodor Hodor! Hodor Hodor.
Hodor. hodor Hodor hodor HODOR! Hodor!
hodor. hodor? hodor Hodor Hodor Hodor.
Hodor hodor Hodor! hodor? Hodor! hodor?
hodor Hodor hodor hodor hodor Hodor
HODOR! Hodor Hodor Hodor. Hodor hodor
Hodor! Hodor Hodor hodor Hodor Hodor
hodor. Hodor Hodor hodor Hodor Hodor
hodor hodor Hodor Hodor Hodor Hodor
Hodor! hodor Hodor hodor. hodor hodor
Hodor Hodor Hodor! hodor Hodor Hodor!
Hodor. Hodor hodor? Hodor hodor hodor
Hodor Hodor. Hodor Hodor hodor? Hodor
Hodor. Hodor. Hodor Hodor Hodor Hodor
Hodor Hodor Hodor hodor hodor hodor
Hodor Hodor Hodor Hodor hodor Hodor
hodor. hodor Hodor! hodor Hodor hodor.
hodor Hodor hodor? Hodor. HODOR! Hodor
Hodor HODOR! Hodor hodor? Hodor hodor
Hodor Hodor hodor Hodor hodor Hodor
hodor hodor hodor Hodor Hodor. Hodor
HODOR! hodor Hodor. Hodor Hodor Hodor
Hodor. hodor? Hodor Hodor. Hodor Hodor
HODOR! Hodor HODOR! hodor? Hodor.
Hodor Hodor Hodor. Hodor hodor Hodor!
Hodor Hodor hodor Hodor Hodor hodor.
Hodor Hodor hodor Hodor Hodor hodor
hodor Hodor Hodor Hodor Hodor Hodor!
hodor Hodor hodor. hodor hodor Hodor
Hodor Hodor! hodor Hodor Hodor! Hodor.
Hodor hodor? Hodor hodor hodor Hodor
Hodor. Hodor Hodor hodor? Hodor Hodor.

Hodor. Hodor Hodor Hodor Hodor Hodor
Hodor Hodor hodor hodor hodor Hodor
Hodor Hodor Hodor hodor Hodor hodor.
hodor Hodor! hodor Hodor hodor. hodor
Hodor hodor? Hodor. HODOR! Hodor Hodor
HODOR! Hodor hodor? Hodor hodor Hodor
Hodor hodor Hodor hodor Hodor hodor
hodor hodor Hodor Hodor. Hodor hodor.
hodor hodor Hodor Hodor Hodor! hodor
Hodor Hodor! Hodor. Hodor hodor? Hodor
hodor hodor Hodor Hodor. Hodor Hodor
hodor? Hodor Hodor. Hodor. Hodor Hodor
Hodor Hodor Hodor Hodor Hodor hodor
hodor hodor Hodor Hodor Hodor Hodor
hodor Hodor hodor. hodor Hodor! hodor
Hodor hodor. hodor Hodor hodor? Hodor.
HODOR! Hodor Hodor HODOR! Hodor
hodor? Hodor hodor Hodor Hodor hodor
Hodor hodor Hodor hodor hodor hodor
Hodor Hodor. Hodor Hodor HODOR! Hodor.
hodor Hodor Hodor Hodor. Hodor Hodor
Hodor hodor hodor hodor hodor hodor
Hodor Hodor. Hodor hodor Hodor Hodor
hodor Hodor Hodor! Hodor Hodor. Hodor!
Hodor Hodor hodor. hodor HODOR! Hodor
hodor? Hodor Hodor. Hodor hodor Hodor
hodor Hodor! Hodor Hodor. Hodor. hodor
Hodor hodor HODOR! Hodor! hodor. hodor?
hodor Hodor Hodor Hodor. Hodor hodor
Hodor! hodor? Hodor! hodor? hodor Hodor
hodor hodor hodor Hodor HODOR! Hodor
Hodor Hodor. Hodor hodor Hodor! Hodor
Hodor hodor Hodor Hodor hodor. Hodor

Hodor hodor Hodor Hodor hodor hodor
Hodor Hodor Hodor Hodor Hodor! hodor
Hodor hodor. hodor hodor Hodor Hodor
Hodor! hodor Hodor Hodor! Hodor. Hodor
hodor? Hodor hodor hodor Hodor Hodor.
Hodor Hodor hodor? Hodor Hodor. Hodor.
Hodor Hodor Hodor Hodor Hodor Hodor
Hodor hodor hodor hodor Hodor Hodor
Hodor Hodor hodor Hodor hodor. hodor
Hodor! hodor Hodor hodor. hodor Hodor
hodor? Hodor. HODOR! Hodor Hodor
HODOR! Hodor hodor? Hodor hodor Hodor
Hodor hodor Hodor hodor Hodor hodor
hodor hodor Hodor Hodor. Hodor HODOR!
hodor Hodor. Hodor Hodor Hodor Hodor.
hodor? Hodor Hodor. Hodor Hodor HODOR!
Hodor HODOR! hodor? Hodor.
Hodor Hodor Hodor. Hodor hodor Hodor!
Hodor Hodor hodor Hodor Hodor hodor.

Hodor Hodor HODOR! Hodor. hodor Hodor
Hodor Hodor. Hodor Hodor Hodor hodor
hodor hodor hodor hodor Hodor Hodor.
Hodor hodor Hodor Hodor hodor Hodor
Hodor! Hodor Hodor. Hodor! Hodor Hodor
hodor. hodor HODOR! Hodor hodor? Hodor
Hodor. Hodor hodor Hodor hodor Hodor!
Hodor Hodor. Hodor. hodor Hodor hodor
HODOR! Hodor! hodor. hodor? hodor Hodor
Hodor Hodor. Hodor hodor Hodor! hodor?
Hodor! hodor? hodor Hodor hodor hodor
hodor Hodor HODOR! Hodor Hodor Hodor.
Hodor hodor Hodor! Hodor Hodor hodor

Hodor Hodor hodor. Hodor Hodor hodor
Hodor Hodor hodor hodor Hodor Hodor
Hodor Hodor Hodor! hodor Hodor hodor.
hodor hodor Hodor Hodor Hodor! hodor
Hodor Hodor! Hodor. Hodor hodor? Hodor
hodor hodor Hodor Hodor. Hodor Hodor
hodor? Hodor Hodor. Hodor. Hodor Hodor
Hodor Hodor Hodor Hodor Hodor hodor
hodor hodor Hodor Hodor Hodor Hodor
hodor Hodor hodor. hodor Hodor! hodor
Hodor hodor. hodor Hodor hodor? Hodor.
HODOR! Hodor Hodor HODOR! Hodor
hodor? Hodor hodor Hodor Hodor hodor
Hodor hodor Hodor hodor hodor hodor
Hodor Hodor.

Hodor Hodor HODOR! Hodor. hodor Hodor
Hodor Hodor. Hodor Hodor Hodor hodor
hodor hodor hodor hodor Hodor Hodor.
Hodor hodor Hodor Hodor hodor Hodor
Hodor! Hodor Hodor. Hodor! Hodor Hodor
hodor. hodor HODOR! Hodor hodor? Hodor
Hodor. Hodor hodor Hodor hodor Hodor!
Hodor Hodor. Hodor. hodor Hodor hodor
HODOR! Hodor! hodor. hodor? hodor Hodor
Hodor Hodor. Hodor hodor Hodor! hodor?
Hodor! hodor? hodor Hodor hodor hodor
hodor Hodor HODOR! Hodor Hodor Hodor.
Hodor hodor Hodor! Hodor Hodor hodor
Hodor Hodor hodor. Hodor Hodor hodor
Hodor Hodor hodor hodor Hodor Hodor
Hodor Hodor Hodor! hodor Hodor hodor.
hodor hodor Hodor Hodor Hodor! hodor

Hodor Hodor! Hodor. Hodor hodor? Hodor
hodor hodor Hodor Hodor. Hodor Hodor
hodor? Hodor Hodor. Hodor. Hodor Hodor
Hodor Hodor Hodor Hodor Hodor hodor
hodor hodor Hodor Hodor Hodor Hodor
hodor Hodor hodor. hodor Hodor! hodor
Hodor hodor. hodor Hodor hodor? Hodor.
HODOR! Hodor Hodor HODOR! Hodor
hodor? Hodor hodor Hodor Hodor hodor
Hodor hodor Hodor hodor hodor hodor
Hodor Hodor. Hodor HODOR! hodor Hodor.
Hodor Hodor Hodor Hodor. hodor? Hodor
Hodor. Hodor Hodor HODOR! Hodor
HODOR! hodor? Hodor.
Hodor Hodor Hodor. Hodor hodor Hodor!
Hodor Hodor hodor Hodor Hodor hodor.
Hodor Hodor Hodor. hodor hodor? Hodor!
hodor hodor. Hodor Hodor hodor Hodor
hodor hodor hodor hodor? Hodor Hodor.
Hodor Hodor Hodor. Hodor Hodor! Hodor
Hodor hodor hodor Hodor. Hodor hodor.
Hodor! Hodor Hodor hodor HODOR! Hodor
Hodor Hodor hodor? HODOR! HODOR!
Hodor Hodor Hodor Hodor Hodor hodor
hodor? hodor HODOR! Hodor. hodor hodor?
hodor HODOR! hodor Hodor Hodor
HODOR! Hodor. hodor Hodor Hodor Hodor.
Hodor Hodor Hodor hodor hodor hodor
hodor hodor Hodor Hodor. Hodor hodor
Hodor Hodor hodor Hodor Hodor! Hodor
Hodor. Hodor! Hodor Hodor hodor. hodor
HODOR! Hodor hodor? Hodor Hodor. Hodor
hodor Hodor hodor Hodor! Hodor Hodor.

Hodor. hodor Hodor hodor HODOR! Hodor!
hodor. hodor? hodor Hodor Hodor Hodor.
Hodor hodor Hodor! hodor? Hodor! hodor?
hodor Hodor hodor hodor hodor Hodor
HODOR! Hodor Hodor Hodor. Hodor hodor
Hodor! Hodor Hodor hodor Hodor Hodor
hodor. Hodor Hodor hodor Hodor Hodor
hodor hodor Hodor Hodor Hodor Hodor
Hodor! hodor Hodor hodor. hodor hodor
Hodor Hodor Hodor! hodor Hodor Hodor!
Hodor. Hodor hodor? Hodor hodor hodor
Hodor Hodor. Hodor Hodor hodor? Hodor
Hodor. Hodor. Hodor Hodor Hodor Hodor
Hodor Hodor Hodor hodor hodor hodor
Hodor Hodor Hodor Hodor hodor Hodor
hodor. hodor Hodor! hodor Hodor hodor.
hodor Hodor hodor? Hodor. HODOR! Hodor
Hodor HODOR! Hodor hodor? Hodor hodor
Hodor Hodor hodor Hodor hodor Hodor
hodor hodor hodor Hodor Hodor. Hodor
HODOR! hodor Hodor. Hodor Hodor Hodor
Hodor. hodor? Hodor Hodor. Hodor Hodor
HODOR! Hodor HODOR! hodor? Hodor.
Hodor Hodor Hodor. Hodor hodor Hodor!
Hodor Hodor hodor Hodor Hodor hodor.
Hodor Hodor hodor Hodor Hodor hodor
hodor Hodor Hodor Hodor Hodor Hodor!
hodor Hodor hodor. hodor hodor Hodor
Hodor Hodor! hodor Hodor Hodor! Hodor.
Hodor hodor? Hodor hodor hodor Hodor
Hodor. Hodor Hodor hodor? Hodor Hodor.
Hodor. Hodor Hodor Hodor Hodor Hodor
Hodor Hodor hodor hodor hodor Hodor

Hodor Hodor Hodor hodor Hodor hodor.
hodor Hodor! hodor Hodor hodor. hodor
Hodor hodor? Hodor. HODOR! Hodor Hodor
HODOR! Hodor hodor? Hodor hodor Hodor
Hodor hodor Hodor hodor Hodor hodor
hodor hodor Hodor Hodor. Hodor hodor.
hodor hodor Hodor Hodor Hodor! hodor
Hodor Hodor! Hodor. Hodor hodor? Hodor
hodor hodor Hodor Hodor. Hodor Hodor
hodor? Hodor Hodor. Hodor. Hodor Hodor
Hodor Hodor Hodor Hodor Hodor hodor
hodor hodor Hodor Hodor Hodor Hodor
hodor Hodor hodor. hodor Hodor! hodor
Hodor hodor. hodor Hodor hodor? Hodor.
HODOR! Hodor Hodor HODOR! Hodor
hodor? Hodor hodor Hodor Hodor hodor
Hodor hodor Hodor hodor hodor hodor
Hodor Hodor. Hodor Hodor HODOR! Hodor.
hodor Hodor Hodor Hodor. Hodor Hodor
Hodor hodor hodor hodor hodor hodor
Hodor Hodor. Hodor hodor Hodor Hodor
hodor Hodor Hodor! Hodor Hodor. Hodor!
Hodor Hodor hodor. hodor HODOR! Hodor
hodor? Hodor Hodor. Hodor hodor Hodor
hodor Hodor! Hodor Hodor. Hodor. hodor
Hodor hodor HODOR! Hodor! hodor. hodor?
hodor Hodor Hodor Hodor. Hodor hodor
Hodor! hodor? Hodor! hodor? hodor Hodor
hodor hodor hodor Hodor HODOR! Hodor
Hodor Hodor. Hodor hodor Hodor! Hodor
Hodor hodor Hodor Hodor hodor. Hodor
Hodor hodor Hodor Hodor hodor hodor
Hodor Hodor Hodor Hodor Hodor! hodor

Hodor hodor. hodor hodor Hodor Hodor
Hodor! hodor Hodor Hodor! Hodor. Hodor
hodor? Hodor hodor hodor Hodor Hodor.
Hodor Hodor hodor? Hodor Hodor. Hodor.
Hodor Hodor Hodor Hodor Hodor Hodor
Hodor hodor hodor hodor Hodor Hodor
Hodor Hodor hodor Hodor hodor. hodor
Hodor! hodor Hodor hodor. hodor Hodor
hodor? Hodor. HODOR! Hodor Hodor
HODOR! Hodor hodor? Hodor hodor Hodor
Hodor hodor Hodor hodor Hodor hodor
hodor hodor Hodor Hodor. Hodor HODOR!
hodor Hodor. Hodor Hodor Hodor Hodor.
hodor? Hodor Hodor. Hodor Hodor HODOR!
Hodor HODOR! hodor? Hodor.
Hodor Hodor Hodor. Hodor hodor Hodor!
Hodor Hodor hodor Hodor Hodor hodor.

Hodor Hodor HODOR! Hodor. hodor Hodor
Hodor Hodor. Hodor Hodor Hodor hodor
hodor hodor hodor hodor Hodor Hodor.
Hodor hodor Hodor Hodor hodor Hodor
Hodor! Hodor Hodor. Hodor! Hodor Hodor
hodor. hodor HODOR! Hodor hodor? Hodor
Hodor. Hodor hodor Hodor hodor Hodor!
Hodor Hodor. Hodor. hodor Hodor hodor
HODOR! Hodor! hodor. hodor? hodor Hodor
Hodor Hodor. Hodor hodor Hodor! hodor?
Hodor! hodor? hodor Hodor hodor hodor
hodor Hodor HODOR! Hodor Hodor Hodor.
Hodor hodor Hodor! Hodor Hodor hodor
Hodor Hodor hodor. Hodor Hodor hodor
Hodor Hodor hodor hodor Hodor Hodor

Hodor Hodor Hodor! hodor Hodor hodor. hodor hodor Hodor Hodor Hodor! hodor Hodor Hodor! Hodor. Hodor hodor? Hodor hodor hodor Hodor Hodor. Hodor Hodor hodor? Hodor Hodor. Hodor. Hodor Hodor Hodor Hodor Hodor Hodor Hodor hodor hodor hodor Hodor Hodor Hodor Hodor hodor Hodor hodor. hodor Hodor! hodor Hodor hodor. hodor Hodor hodor? Hodor. HODOR! Hodor Hodor HODOR! Hodor hodor? Hodor hodor Hodor Hodor hodor Hodor hodor Hodor hodor hodor hodor Hodor Hodor.

" Hodor Hodor HODOR! Hodor hodor? Hodor hodor Hodor Hodor hodor Hodor hodor Hodor hodor hodor hodor Hodor Hodor. Hodor HODOR! hodor Hodor. Hodor Hodor Hodor Hodor. hodor? Hodor Hodor. Hodor Hodor HODOR! Hodor HODOR! hodor? Hodor."

Hodor Hodor Hodor. Hodor hodor Hodor! Hodor Hodor hodor Hodor Hodor hodor.

Hodor Hodor HODOR! Hodor. hodor Hodor Hodor Hodor. Hodor Hodor Hodor hodor hodor hodor hodor hodor Hodor Hodor. Hodor hodor Hodor Hodor hodor Hodor Hodor! Hodor Hodor. Hodor!

Hodor Hodor Hodor Hodor Hodor hodor
Hodor HODOR! Hodor Hodor hodor. Hodor
Hodor. hodor hodor Hodor HODOR! Hodor
hodor HODOR! Hodor Hodor Hodor! hodor
Hodor hodor? Hodor. hodor hodor Hodor
hodor hodor hodor? hodor hodor Hodor
hodor. Hodor hodor? Hodor hodor. Hodor
Hodor hodor. hodor? Hodor HODOR! Hodor
Hodor hodor hodor hodor. hodor? hodor
Hodor hodor hodor. Hodor hodor Hodor
hodor HODOR! Hodor hodor Hodor Hodor
Hodor hodor Hodor Hodor hodor hodor.
hodor hodor? hodor. Hodor hodor? Hodor
Hodor Hodor Hodor hodor. HODOR! Hodor
Hodor Hodor! Hodor Hodor hodor. Hodor
Hodor hodor HODOR! Hodor Hodor Hodor!
HODOR! HODOR! hodor? Hodor. Hodor
Hodor Hodor Hodor Hodor Hodor hodor
Hodor Hodor Hodor Hodor Hodor Hodor
hodor? Hodor Hodor Hodor Hodor Hodor.
Hodor. hodor? HODOR! Hodor! hodor Hodor
hodor Hodor Hodor hodor HODOR! Hodor
Hodor Hodor Hodor. Hodor hodor. Hodor
hodor hodor Hodor Hodor Hodor Hodor
hodor Hodor Hodor HODOR! Hodor. Hodor
Hodor hodor HODOR! hodor Hodor Hodor.
hodor? Hodor Hodor Hodor Hodor Hodor
hodor Hodor. Hodor hodor Hodor Hodor
hodor hodor hodor hodor. Hodor hodor. –
Hodor Hodor Hodor HODOR! Hodor. Hodor
hodor Hodor hodor? Hodor hodor. Hodor
hodor Hodor Hodor hodor Hodor Hodor
hodor? hodor hodor hodor hodor? Hodor!

Hodor Hodor Hodor Hodor hodor. Hodor
HODOR! hodor hodor. hodor Hodor hodor
Hodor hodor hodor? Hodor Hodor Hodor
hodor Hodor Hodor Hodor! Hodor Hodor!
Hodor Hodor! Hodor hodor Hodor hodor
Hodor hodor Hodor! Hodor Hodor hodor
Hodor hodor hodor hodor hodor? Hodor
Hodor. Hodor Hodor Hodor. Hodor Hodor!
Hodor Hodor hodor hodor Hodor. Hodor
Hodor Hodor Hodor Hodor hodor Hodor
HODOR! Hodor Hodor hodor. Hodor Hodor.
hodor hodor Hodor HODOR! Hodor hodor
HODOR! Hodor Hodor Hodor! hodor Hodor
hodor? Hodor. hodor hodor Hodor hodor
hodor hodor? hodor hodor Hodor hodor.
Hodor hodor? Hodor hodor. Hodor Hodor
hodor. hodor? Hodor HODOR! Hodor Hodor
hodor hodor hodor. hodor? hodor Hodor
hodor hodor. Hodor hodor Hodor hodor
HODOR! Hodor hodor Hodor Hodor Hodor
hodor Hodor Hodor hodor hodor. hodor
hodor? hodor. Hodor hodor? Hodor Hodor
Hodor Hodor hodor. HODOR! Hodor Hodor
Hodor! Hodor Hodor hodor. Hodor Hodor
hodor HODOR! Hodor Hodor Hodor!
HODOR! HODOR! hodor? Hodor. Hodor
Hodor Hodor Hodor Hodor Hodor hodor
Hodor Hodor Hodor Hodor Hodor Hodor
hodor? Hodor Hodor Hodor Hodor Hodor.
Hodor. hodor? HODOR! Hodor! hodor Hodor
hodor Hodor Hodor hodor HODOR! Hodor
Hodor Hodor Hodor. Hodor hodor. Hodor
hodor hodor Hodor Hodor Hodor Hodor

hodor Hodor Hodor HODOR! Hodor. Hodor
Hodor hodor HODOR! hodor Hodor Hodor.
hodor? Hodor Hodor Hodor Hodor Hodor
hodor Hodor. Hodor hodor Hodor Hodor
hodor hodor hodor hodor. Hodor hodor. –
Hodor Hodor Hodor HODOR! Hodor. Hodor
hodor Hodor hodor? Hodor hodor. Hodor
hodor Hodor Hodor hodor Hodor Hodor
hodor? hodor hodor hodor hodor? Hodor!
Hodor Hodor Hodor Hodor hodor. Hodor
HODOR! hodor hodor. hodor Hodor hodor
Hodor hodor hodor? Hodor Hodor Hodor
hodor Hodor Hodor Hodor! Hodor Hodor!
Hodor Hodor! Hodor hodor Hodor hodor
Hodor hodor Hodor! Hodor Hodor hodor
Hodor hodor hodor hodor hodor? Hodor
Hodor. Hodor Hodor Hodor. Hodor Hodor!
Hodor Hodor hodor hodor Hodor.

Hodor Hodor Hodor Hodor Hodor hodor
Hodor HODOR! Hodor Hodor hodor. Hodor
Hodor. hodor hodor Hodor HODOR! Hodor
hodor HODOR! Hodor Hodor Hodor! hodor
Hodor hodor? Hodor. hodor hodor Hodor
hodor hodor hodor? hodor hodor Hodor
hodor. Hodor hodor? Hodor hodor. Hodor
Hodor hodor. hodor? Hodor HODOR! Hodor
Hodor hodor hodor hodor. hodor? hodor
Hodor hodor hodor. Hodor hodor Hodor
hodor HODOR! Hodor hodor Hodor Hodor
Hodor hodor Hodor Hodor hodor hodor.
hodor hodor? hodor. Hodor hodor? Hodor
Hodor Hodor Hodor hodor. HODOR! Hodor

Hodor Hodor! Hodor Hodor hodor. Hodor
Hodor hodor HODOR! Hodor Hodor Hodor!
HODOR! HODOR! hodor? Hodor. Hodor
Hodor Hodor Hodor Hodor Hodor hodor
Hodor Hodor Hodor Hodor Hodor Hodor
hodor? Hodor Hodor Hodor Hodor Hodor.
Hodor. hodor? HODOR! Hodor! hodor Hodor
hodor Hodor Hodor hodor HODOR! Hodor
Hodor Hodor Hodor. Hodor hodor. Hodor
hodor hodor Hodor Hodor Hodor Hodor
hodor Hodor Hodor HODOR! Hodor. Hodor
Hodor hodor HODOR! hodor Hodor Hodor.
hodor? Hodor Hodor Hodor Hodor Hodor
hodor Hodor. Hodor hodor Hodor Hodor
hodor hodor hodor hodor. Hodor hodor. –
Hodor Hodor Hodor HODOR! Hodor. Hodor
hodor Hodor hodor? Hodor hodor. Hodor
hodor Hodor Hodor hodor Hodor Hodor
hodor? hodor hodor hodor hodor? Hodor!
Hodor Hodor Hodor Hodor hodor. Hodor
HODOR! hodor hodor. hodor Hodor hodor
Hodor hodor hodor? Hodor Hodor Hodor
hodor; Hodor Hodor Hodor! Hodor Hodor!
Hodor Hodor! Hodor hodor Hodor hodor
Hodor hodor Hodor! Hodor Hodor hodor
Hodor hodor hodor hodor hodor? Hodor
Hodor. Hodor Hodor Hodor. Hodor Hodor!
Hodor Hodor hodor hodor Hodor.

Translation/Addendum:

Hold the door, hold the door!

Repeated over and over as if it was a charm, a sweet mantra to ease his fears but they only amplified them. Luckily he had little time to think about this as he ran away with his companions to the safety of the north.

Hodor could only watch as he took Bran to the tree he requested to be taken to. A lonely place that hardly seemed safe. But they were found by creatures that wished for them to be gone.

Skeletal wights!

And Hodor found himself once more controlled, his body no longer his own. Instead, he became the combination of Bran and himself. But that alone was not enough to fend off the creatures that were intend on their destruction. They had to run.

So run they did, with Bran in his arms as he took him to the cave that would be the last hope for their safety. There they remained, and Hodor watched over Bran who summoned those abilities that allowed him to see and to control.

However, this was not the best of plans as his fateful warging had led the wights to them. A self-made trap that only brought more harm than good.

Death was the trauma that had formed Wylis into Hodor. This was evident as he held his head with his hands, trying to suppress the images of the past and the present. But there was no time for that. There was never time.

CHAPTER EIGHT

Hodor Hodor. hodor Hodor Hodor Hodor
hodor hodor hodor Hodor Hodor Hodor.
Hodor Hodor Hodor Hodor Hodor! Hodor.
Hodor Hodor Hodor Hodor Hodor hodor.
hodor hodor hodor hodor? Hodor Hodor
Hodor Hodor Hodor Hodor. Hodor Hodor
hodor. Hodor Hodor Hodor Hodor Hodor
Hodor Hodor Hodor hodor? Hodor. hodor
Hodor Hodor! Hodor. hodor Hodor hodor.
HODOR! Hodor HODOR! Hodor hodor.
hodor Hodor hodor Hodor Hodor! hodor
Hodor Hodor Hodor. HODOR! Hodor Hodor.
hodor Hodor Hodor hodor hodor Hodor
Hodor Hodor! Hodor HODOR! Hodor. Hodor
Hodor hodor hodor? Hodor Hodor. Hodor
hodor Hodor HODOR! Hodor! hodor Hodor
HODOR! HODOR! hodor hodor. Hodor.
Hodor Hodor Hodor! Hodor Hodor. Hodor
hodor? hodor Hodor Hodor hodor Hodor
hodor? Hodor Hodor hodor hodor Hodor
Hodor Hodor. Hodor Hodor Hodor Hodor!
HODOR! Hodor! hodor Hodor HODOR!
Hodor. hodor Hodor hodor Hodor hodor
Hodor Hodor Hodor! Hodor. hodor hodor
Hodor hodor? Hodor Hodor Hodor Hodor
Hodor Hodor! Hodor Hodor Hodor hodor.
Hodor Hodor Hodor hodor hodor Hodor
hodor Hodor hodor? Hodor. Hodor hodor
Hodor hodor. HODOR! hodor Hodor! hodor
hodor? hodor hodor. Hodor Hodor Hodor!
Hodor. hodor. hodor. Hodor Hodor hodor

hodor hodor Hodor hodor Hodor Hodor
Hodor hodor hodor. hodor hodor? Hodor
hodor. Hodor HODOR! hodor? hodor Hodor
Hodor Hodor hodor Hodor Hodor hodor
Hodor HODOR! Hodor hodor Hodor hodor
HODOR! Hodor Hodor Hodor hodor Hodor
Hodor! Hodor Hodor! hodor hodor Hodor
Hodor Hodor. hodor Hodor hodor. hodor?
Hodor. Hodor Hodor Hodor. Hodor HODOR!
hodor hodor Hodor HODOR! Hodor Hodor
Hodor hodor. Hodor hodor Hodor hodor
Hodor hodor Hodor. Hodor Hodor. Hodor
hodor hodor. hodor Hodor Hodor hodor?
Hodor Hodor Hodor Hodor Hodor Hodor!
hodor? hodor Hodor Hodor. Hodor: Hodor
Hodor. hodor. hodor hodor Hodor! Hodor.
hodor hodor hodor hodor hodor. Hodor.
hodor hodor Hodor Hodor Hodor. Hodor
Hodor Hodor hodor Hodor Hodor HODOR!
Hodor hodor Hodor hodor HODOR! hodor
hodor Hodor Hodor hodor hodor? Hodor
Hodor HODOR! Hodor Hodor hodor hodor.
Hodor Hodor hodor hodor Hodor HODOR!
hodor Hodor Hodor. Hodor Hodor hodor
Hodor Hodor! HODOR! Hodor Hodor.
Hodor! hodor Hodor Hodor! Hodor Hodor
Hodor Hodor hodor hodor. Hodor Hodor
Hodor Hodor! Hodor. hodor Hodor hodor.
Hodor! Hodor Hodor. Hodor. Hodor hodor
hodor. hodor. Hodor. HODOR! Hodor hodor?
Hodor hodor hodor? hodor Hodor Hodor
hodor Hodor HODOR! hodor Hodor hodor.
hodor hodor HODOR! Hodor Hodor Hodor

Hodor Hodor Hodor HODOR! Hodor Hodor
hodor Hodor hodor Hodor Hodor. Hodor
Hodor! Hodor! hodor? Hodor hodor Hodor
Hodor HODOR! hodor? Hodor hodor? Hodor
Hodor Hodor Hodor hodor Hodor Hodor
Hodor Hodor hodor? hodor Hodor Hodor
hodor. hodor? Hodor Hodor Hodor Hodor
hodor. hodor. Hodor hodor hodor hodor
Hodor Hodor. hodor hodor Hodor Hodor
hodor. hodor hodor?

Hodor Hodor. Hodor hodor? hodor Hodor
Hodor hodor Hodor hodor? Hodor Hodor
hodor hodor Hodor Hodor Hodor. Hodor
Hodor. hodor Hodor Hodor Hodor hodor
hodor hodor Hodor Hodor Hodor. Hodor
Hodor Hodor Hodor Hodor! Hodor. Hodor
Hodor Hodor Hodor Hodor hodor. hodor
hodor hodor hodor? Hodor Hodor Hodor
Hodor Hodor Hodor. Hodor Hodor hodor.
Hodor Hodor Hodor Hodor Hodor Hodor
Hodor Hodor hodor? Hodor. hodor Hodor
Hodor! Hodor. hodor Hodor hodor. HODOR!
Hodor HODOR! Hodor hodor. hodor –
Hodor hodor Hodor – Hodor! hodor Hodor
Hodor Hodor. HODOR! Hodor Hodor. hodor
Hodor Hodor hodor hodor Hodor Hodor
Hodor! Hodor HODOR! Hodor. Hodor Hodor
hodor hodor? Hodor Hodor. Hodor hodor
Hodor HODOR! Hodor! hodor Hodor
HODOR! HODOR! hodor hodor. Hodor.
Hodor Hodor Hodor! Hodor Hodor. Hodor
hodor? hodor Hodor Hodor hodor Hodor

hodor? Hodor Hodor hodor hodor Hodor
Hodor Hodor. Hodor Hodor Hodor Hodor!
HODOR! Hodor! hodor Hodor HODOR!
Hodor. hodor Hodor hodor Hodor hodor
Hodor Hodor Hodor! Hodor. hodor hodor
Hodor hodor? Hodor Hodor Hodor Hodor
Hodor Hodor! Hodor Hodor Hodor hodor.
Hodor Hodor Hodor hodor hodor Hodor
hodor Hodor hodor? Hodor. Hodor hodor
Hodor hodor. HODOR! hodor Hodor! hodor
hodor? hodor hodor. Hodor Hodor Hodor!
Hodor. hodor. hodor. Hodor Hodor hodor
hodor hodor Hodor hodor Hodor Hodor
Hodor hodor hodor. hodor hodor? Hodor
hodor. Hodor HODOR! hodor? hodor Hodor
Hodor Hodor hodor Hodor Hodor hodor
Hodor HODOR! Hodor hodor Hodor hodor
HODOR! Hodor Hodor Hodor hodor Hodor
Hodor! Hodor Hodor! hodor hodor Hodor
Hodor Hodor. hodor Hodor hodor. hodor?
Hodor. Hodor Hodor Hodor. Hodor HODOR!
hodor hodor Hodor HODOR! Hodor Hodor
Hodor hodor. Hodor hodor Hodor hodor
Hodor hodor Hodor. Hodor Hodor. Hodor
hodor hodor. hodor Hodor Hodor hodor?
Hodor Hodor Hodor Hodor Hodor Hodor!
hodor? hodor Hodor Hodor. Hodor Hodor
Hodor. hodor. hodor (hodor) Hodor! Hodor.
hodor hodor hodor hodor hodor. Hodor.
hodor hodor Hodor Hodor Hodor. Hodor
Hodor Hodor hodor Hodor Hodor HODOR!
Hodor hodor Hodor hodor HODOR! hodor
hodor Hodor Hodor hodor hodor? Hodor

Hodor HODOR! Hodor Hodor hodor hodor.
Hodor Hodor hodor hodor Hodor HODOR!
hodor Hodor Hodor. Hodor Hodor hodor
Hodor Hodor! HODOR! Hodor Hodor.
Hodor! hodor Hodor Hodor! Hodor Hodor
Hodor Hodor hodor hodor. Hodor Hodor
Hodor; Hodor! Hodor. hodor Hodor hodor.
Hodor! Hodor Hodor. Hodor. Hodor hodor
hodor. hodor. Hodor. HODOR! Hodor hodor?
Hodor hodor hodor? hodor Hodor Hodor
hodor Hodor HODOR! hodor Hodor hodor.
hodor hodor HODOR! Hodor Hodor Hodor
Hodor Hodor Hodor HODOR! Hodor Hodor
hodor Hodor hodor Hodor Hodor. Hodor
Hodor! Hodor! hodor? Hodor hodor Hodor
Hodor HODOR! hodor? Hodor hodor? Hodor
Hodor Hodor Hodor hodor Hodor Hodor
Hodor Hodor hodor? hodor Hodor Hodor
hodor. hodor? Hodor Hodor Hodor Hodor
hodor. hodor. Hodor hodor hodor hodor
Hodor Hodor. hodor hodor Hodor Hodor
hodor. hodor hodor?

Hodor Hodor. Hodor hodor? hodor Hodor
Hodor hodor Hodor hodor? Hodor Hodor
hodor hodor Hodor Hodor: Hodor.

Translation/Addendum:

Hold the door!

The phrase was repeated by Meera and slurred together by Bran. Over and over until his name came to be, that's how he was etched into the man he was. He knew the destiny that had been given to him, there was

There could be no escape from his preordained fate. There was a moment of clarity for him as his simple mind was clear of the fog of trauma.

He was going to hold the door like his namesake commanded. Even at the face of death from the wights that were pushing against the door.

"Hodor," he said to them, as if to convince Meera to take Bran who had been holding him in her tight grasp. She gave him a final look, and left with Bran in her arms as Hodor held the door against their murderers. His palms pressed firmly against the feeble wood that would soon be torn to shreds by the creatures that desperately wanted them dead.

Hodor had protected the Stark Children one last time.

His body was torn from limb to limb; the coldness seeped into whatever was left of him. "Hodor." A final whisper.

He was Hodor of House Stark, and he held the door.

Frost formed over his fallen body, and he felt his eyes close. For once in his life, Hodor felt himself rest. His body drifted into nothingness as he became one with the cold that ate away at him.

EPILOGUE

Hodor Hodor Hodor. Hodor hodor Hodor?
Hodor Hodor hodor Hodor Hodor hodor.
Hodor Hodor hodor Hodor Hodor hodor
hodor Hodor Hodor Hodor Hodor Hodor!
hodor Hodor hodor. hodor hodor Hodor:

- Hodor
- Hodor
- Hodor
- Hodor
- Hodor

Hodor... Hodor.

Made in United States
Orlando, FL
04 June 2024

47525792R00067